LA PORTE DU FOND

Christiane Rochefort est née à Paris dans le XIVe arrondissement, a eu peu d'aventures remarquables sous l'aspect pittoresque qui font généralement la matière des biographies, car elle a employé presque tout son temps à s'amuser, c'est-à-dire à peindre, dessiner, sculpter, faire de la musique, des études désordonnées entre la médecine, psychiatrie, et la Sorbonne (une erreur) (n'a même pas essayé de préparer l'agrégation), à écrire pour sa prope joie, et pendant le temps qui restait à essayer de gagner sa vie pour survivre. Elle a travaillé avec des gens pénibles, bureaux, journalisme, festival de Cannes (jusqu'en 1968 et a été renvoyée pour sa liberté de pensée), et par contre, à la Cinémathèque pour Henri Langlois.
Christiane Rochefort est l'auteur de : Le Repos du guerrier *(1958),* Les Petits enfants du siècle *(1961),* Les Stances à Sophie *(1963),* Une rose pour Morrison *(1966),* Printemps au parking *(1969),* C'est bizarre l'écriture *(1970),* Archaos ou le jardin étincelant *(1972),* Encore heureux qu'on va vers l'été *(1975),* Les Enfants d'abord *(1976),* Ma vie revue et corrigée par l'auteur *(1978) (Stock),* Quand tu vas chez les femmes *(1982),* Le monde est comme deux chevaux *(1984),* La Porte du fond *(1988), qui a obtenu le prix Médicis 1988.*
Elle a aussi fait des traductions : de l'anglais, En flagrant délire *de John Lennon avec Rachel Mizrahi; de l'hébreu,* Le Cheval fini *de Amos Kenan et* Holocauste 2.

« De médecine contre mon père, il n'y avait qu'une. Le moyen était mon seul problème.
Une piqûre avec de l'air dans la seringue – mais je ne sais pas faire des piqûres. La sarbacane avec fléchettes au curare – où est le curare ? La mort-aux-rats – c'est long, et ils se font tous prendre. Etouffage sous oreiller – pas encore assez de muscles. Le chandelier de bronze – faudrait que je monte sur une chaise et ça gâterait l'effet de surprise. Brûler des cierges ? – Dieu (le Père !) ne va pas m'exaucer.
Action kamikaze ? Il avait un revolver, caché. Il le produisait dans les scènes de ménage, pour menacer de « se supprimer », citation. Tandis que derrière la porte je priais ardemment : « Fais-le ! oh, fais-le ! » Mais non. Jamais.
Ouais. Le kamikaze c'est le seul truc vraiment sûr. Suffisait de mettre la main sur le revolver, après je ne le louperais pas. Je profiterais qu'il est tout près.
Mais, il y a un os : on veut vivre, nom de Dieu ! et libre ! C'est

(Suite au verso.)

même toute la question. Bien plus j'estimais que, dans la circonstance, c'était un devoir.
La survie passe avant les sentiments. »
On verra l'enfant rêveuse prise dans les nœuds multiples des pouvoirs paternels ordinaires. Se battant avec les armes de ceux qui n'en ont pas. Racontant, au passé présent futur, l'histoire de ses défaites (« *Le combat a duré sept années. J'en ai perdu chaque bataille. Mais pas la guerre* »). Et parvenant, au terme d'un itinéraire quelque peu délinquant, à la conclusion illuminante : « Le malheur, ce n'est pas le sexe. Le malheur c'est le Patron. »

Ch. R.

Paru dans Le Livre de Poche :

LES PETITS ENFANTS DU SIÈCLE.
LES STANCES À SOPHIE.
PRINTEMPS AU PARKING.
ARCHAOS OU LE JARDIN ÉTINCELANT.
ENCORE HEUREUX QU'ON VA VERS L'ÉTÉ.
UNE ROSE POUR MORRISON.
QUAND TU VAS CHEZ LES FEMMES.

CHRISTIANE ROCHEFORT

La porte du fond

ROMAN

GRASSET

La situation présentée dans ce livre est assez courante pour que d'aucuns croient se reconnaître, ou quelqu'un d'autre. Je les rassure : ce n'est pas eux. Ni personne.

S'agissant d'un roman, le « je » est d'ordre littéraire, et les personnages sont imaginaires. Toute ressemblance avec qui que ce soit serait fortuite, et due principalement à ce que dans nos sociétés uniformisées tout le monde se ressemble.

Ch. R.

A Jeffrey Moussaïeff Masson

I

VOUS QUI ENTREZ

D'ABORD que je mette les choses au point : en dépit de ma propre histoire, rien ne m'alarme comme un enfant aimé dans une famille unie.

Je sens que cette déclaration ne va pas me valoir la sympathie unanime. Mais faut-il pour autant que je chausse moi aussi les lunettes roses? que j'embouche ma petite trompette dans le concert des anges? Tant pis, je ferai tache. Comme toujours et partout. A la fac et à Billancourt, chez les fous et dehors, au Meurice et sous les ponts, à l'église et à la partouze. A cette sacrée messe de Noël d'antan, restée seule là-haut aux bancs de la chorale, le rouge au front, avec mon péché inavoué du coup visible de la nef entière. Toutes les âmes pures descendues à la Sainte Mangeoire les petites salopes. Toutes sauf moi. Et ce n'est pas parce que je craignais Dieu ni redoutais l'Enfer que je n'osais m'approcher de la Table avec une âme non lavée : c'est que je voulais être honnête. Honnête! Quelle sottise. Avec qui?

Je sais aussi, d'autre part, que tout ça n'est la faute nommément de personne. C'est ce que j'ai dit à ma mère quand je l'ai revue pour la dernière fois après vingt années d'abandon sans préavis (partie chercher des allumettes et jamais revenue) à ma mère, toute menue et réduite dans son immense humiliation, par moi, par la vie, « Ce n'est pas notre faute » répétais-je et c'est l'unique fois où nous avons été au bord de pleurer ensemble mais chez nous on garde la face, après quoi je l'ai de nouveau abandonnée malgré ma non moins immense compassion mais ma peau d'abord, vous comprenez? Je crains que non. Lui laissant une lettre de douze pages où j'exposais limpidement le misérable rôle des mères dans la société patriarcale. Quel cadeau. Tout ça n'est la faute de personne jusqu'à Adam et Eve inclus, avant je ne sais pas. Ce à qui la faute incombe étant depuis les millénaires désincarné et hors de portée on est bien forcé de se rabattre sur ce qu'on a en face. Ce n'est pas juste, mais qui parle de justice.

Ça me rappelle Ben braillant dans son cauchemar éthylique : « Mom, you stupid beast! You stupid beast! », et quand je lui ai rapporté joyeusement au réveil le cri de son inconscient il a nié, prétendant que je ne connais pas assez bien l'idiome et j'ai entendu de travers et d'abord il n'a sûrement pas dit « mom ». Mais je suis bien tranquille. Tout ce que je peux faire pour la mémoire de sa mère c'est ne pas mettre son nom en entier ici.

QU'EST-CE QUE JE SERAIS DEVENUE

La première fois que j'ai lu Freud, à la bibliothèque où je menais le principal de mes études, et à l'instigation d'Ari, mon frère spirituel, je bouillais de rage la moitié du temps : naturellement c'est encore la faute des mômes, les vieux s'en sortent toujours blancs comme neige (que ma jeune sagacité ne vous épate pas, je l'avais payée). Il me semblait pourtant avoir vu passer ci et là des allusions à des vilenies adultes et ça m'avait alertée (car ainsi que je l'ai mentionné, j'étais placée pour), mais ça se perdait bien vite dans les sables et on se retrouvait miraculeusement avec tout sur le dos des mômes. Quant à comment on avait abouti là en partant dans l'autre sens, brouillard. Mais quoi, j'avais déjà rencontré des logiques bancales sous de doctes plumes; ainsi que le raisonnement fameux par la charrue devant les bœufs, enfin passons, je n'ai pas le temps d'être trop regardante je suis pressée : il me faut tout savoir tout de suite sur tout. Je sentais qu'il y avait là pour moi une porte de sortie. Ce qui fut vrai. En particulier, côté folie, j'étais personnellement impliquée dans l'affaire, en tant qu'ex-menacée de psychiatre, et ex-adonnée au fantasme : « Comment prouver qu'on n'est pas fou une fois qu'ils vous tiennent? » Réponse, pas moyen. Ce qui évidemment rend fou. Dix-huit ans de terrain ça ne vous laisse pas forcément très frais : je voulais au moins savoir quelle espèce de folie m'étiqueter, en particulier si c'était de celles qui s'accompagnent de génie, dont il y a tant d'exemples célèbres. C'est pourquoi je restais sur ma chaise dure, arrimée à ce tas de sottises avec quelques perles (ou à ce tas de perles avec quelques sottises si on préfère, ça n'y change rien) : moi, je jetais mes filets. Or à mesure que je pêchais, jetais et repêchais, prenais et rejetais, le paysage perdait de sa terrifiante fixité – la tare le sang l'atavisme l'hérédité (pour des raisons personnelles j'abomine l'hérédité) – devenait pénétrable, sillonné de pistes, déchiffrable et donc, qui sait, modifiable. Ainsi l'autre moitié du temps je bichais, toute réconciliée avec le brave docteur, là-dessus bang, je tombe sur l'envie de pénis. Que je n'ai pas vous pouvez me croire. Non? Bon, c'est votre problème. Moi j'ai envie d'un cheval, d'une décapotable bleue, d'un trois-mâts, de patins, d'un piano, de génie, et d'un tas d'autres choses, toutes rigoureusement non symboliques et votre pénis c'est encore la charrue devant les bœufs, non mais qu'est-ce que c'est ces gens qui savent mieux que moi ce que je veux et pour qui ils se prennent? Ayant fait ma colère j'expédiai leur pénis par le fond derrière leur œdipe et j'enchaînai, jusqu'à épuisement du rayon Freud. Soupirai. M'étirai. Laissai errer un instant mes pensées – et soudain me frappai violemment le front de la paume, faisant lever douze têtes.

Nom de dieu qu'est-ce que je serais devenue s'il n'y avait pas eu papa!

Ce salaud.

Je venais de m'économiser une psychanalyse.

Papa était une ordure. Tout le monde s'accordait là-dessus. A part ma mère qui n'y faisait jamais allusion et ne voulait pas que son existence fût évoquée devant elle. Mais derrière, oh là là! sur lui seul se faisait l'unanimité de l'entourage, autrement ennemi : à ma droite, la grand'mère dévote, qui, ayant oublié d'où elle-même sortait, n'avait pas digéré la mésalliance disait-elle de sa fille; à ma gauche, la Grosse Babet, mécréante, limousine et concierge, qui a élevé dans les heures ouvrables tous les gosses de l'immeuble, bénie soit-elle pour le mal qu'elle ne nous a pas fait. Et pour ses grands gigots et ses civets et ses immenses gâteaux aux pommes, ah elle m'a appris ce qui est bon celle-là. Ainsi que tous les malheurs du monde, qui défilaient dans sa loge – principalement ceux causés par les hommes, qui « ne pensent qu'à ça, tous des cochons » –, se déversant sans retenue sur nous les petits qui ne peuvent pas comprendre et voilà ce qui forme la jeunesse. Tandis que son frêle mari, enfonçant des clous dans des semelles et philosophe comme tous les cordonniers, m'expliquait avec l'accent d'Oc comment la baleine n'avait pas pu avaler Jonas pour cause d'anatomie, à la fois m'enseignant la logique et la zoologique, et foutant par terre les efforts de l'autre camp pour m'élever vers Dieu, ainsi ai-je poussé au milieu des guerres de religion et de la lutte de classes, louées soient les dissonances.

Mais sur papa, l'unisson. Un, il avait abandonné ma mère avec son enfant sur les bras (« ton père est un salaud ») et elle se sacrifiait pour moi depuis (« ta mère s'est sacrifiée pour toi ») – qu'est-ce qu'elle pouvait faire d'autre me disais-je comme tout enfant dans les cinq six à qui on tient ce discours, qui ne marche jamais ils devraient le savoir depuis les générations mais non, ils continuent. Et nous on attend que ça s'arrête avec notre air buté : on ne l'a pas demandé. Et bien sûr quelque chose est exigé de nous en échange de ce non demandé, même si on ne met pas le son ça s'entend sous la voix, c'est triste de regarder les adultes en train de se croire subtils, on voit tout à travers. Deux, ce salaud, il fallait le faire rechercher (la police?) pour qu'il crache la pension alimentaire (tel que je l'ai par la suite connu je me demande comment ils ont pu y arriver même une fois). Et, trois, il « faisait la vie » avec des femmes. Pour le peu que j'avais de lumières sur le sujet (qui sonnait plutôt gai : la vie), ce dernier crime ni ne me paraissait aussi pendable qu'on me le représentait, ni ne me surprenait : avec ma mère, faire la vie ne devait pas être commode, j'en savais quelque chose moi qui ai usé mes vertes années à tenter de lui plaire, sans jamais jamais jamais y parvenir. Jusqu'à la fin. Incluse.

A la fin, il y eut ce dialogue. Vingt ans de recherche d'allumettes le séparaient du précédent. Elle dit :

Tu t'es bien débrouillée dans la vie. Et :

Tu t'es bien fait ta publicité.

Toi qui te prétendais idéaliste. Qui voulais tout casser.

(diriger une agence de pub en effet ça n'en a pas trop l'air. Et l'idée de derrière la tête est par définition irrévélée).

Je dis, finalement : Tu parles comme mes ennemis. Tu parles comme les gens qui ne connaissent pas. Et :

Si tu m'avais retrouvée rue Saint-Denis dans le malheur je crois que tu aurais été plus satisfaite.

Elle dit, encore : J'espère que tu ne vas pas étaler toute ta vie dans les journaux.
(Je n'avais encore donné qu'une interview, assortie de photos, sur ma position actuelle, peu courante alors pour une femme.)

Je répliquai : Pourquoi non?

Il y a des choses qu'on ne dit pas.

Le lendemain à l'aube j'ai sauté chez le notaire et je me suis donné le ridicule d'un testament, car vous ne savez ni le jour ni l'heure : comme quoi je retire à tout parent de près ou de loin y compris à naître le droit de mettre ses pattes dans ce que je pourrais laisser après moi d'aucune sorte, scripto audio visuo et à inventer et à jamais.
Pas que j'eusse alors produit quoi que ce soit de la moindre pérennité. Mais je ne supporte pas et je ne supporte pas et voilà.

Elle m'a demandé : Puisque tu apprécies si peu ton éducation, comment d'après toi faudrait-il élever les enfants?
Je ne sais pas. Je n'en ai pas fait.

Tu n'as donc aucun espoir? dit-elle, avec commisération.

(Il est vrai, vers mes douze ans, j'ai conçu une peur panique de reproduire une lignée de nœuds de serpents.)

Aussi elle a demandé pourquoi je suis partie il n'y avait pas de raisons, elle me laissait libre de « mener ma vie à ma guise », alors que je n'étais même pas majeure, elle ne comprend pas. Elle ne comprend pas ce que je lui reprochais.

Je dis, j'osai, je rassemblai mon courage (en somme c'est dans ce dessein que je l'avais revue) qu'on pourrait parler de tout ça maintenant qu'on est grandes, et après tout ce temps, qu'on pourrait causer de ce qui se passait dans cette famille... Elle me coupe sec :

On ne parle pas de ces choses.

Alors on parle de quoi? ne dis-je pas.

Tout ça faisait pas mal de silences.

Je dis, enfin : Ecoute, j'ai tout à fait perdu l'habitude de ce type de rapports – voilà ce que je sors à ma mère. A ma Mère! Est-ce qu'on s'adresse ainsi à sa Mère? je veux dire, dans cette syntaxe. Avec ces mots. « Ce type de rapports »! Je m'entends, dans le moment même j'entends ma voix énoncer cette hideuse phrase et tandis qu'elle sort de ma bouche je sens mes cheveux qui se hérissent sur ma nuque rase, est-ce qu'on use de ce style-là à l'égard d'une Mère?

J'ai parlé à une personne.

Scandale.

Je n'ai plus de mère.

Je l'ai effacée.

L'arme du crime était le style.

Les doctes nous expliquent au moyen du langage (c'est ce qu'ils ont) que par le langage on ne saurait communiquer. C'est bien vrai. Ils en sont la preuve. Par le langage on ne communique pas, ok. Mais par le style, oui, on communique, oh oui!

Ma mère se tait. J'ai gagné. Horreur. Je suis malade de compassion. La souffrance du bourreau. Monstre de moi. Pourquoi je lui fais ça. Pauvre femme. Ah misère. Elle ne mérite pas. Mais je lui ai fait et voilà. Et je ne veux pas le retirer. Je ne peux pas je ne peux pas.

Ah tant pis.

Au diable.

Que monstre je sois.

Ma vie, ma vie!

Je n'ai pas dévoilé « ce qui se passait dans cette famille ». Compassion. Ah je ne sais pas forcer les refus. Après tout ça les regarde les gens, ce qu'ils veulent avoir ou pas dans leur assiette, et puis quoi : qu'est-ce que ça aurait changé, que je dévoile? Car enfin – pour la première fois cette pensée se formait chez moi – ne savait-elle pas? Et – oh mon dieu! – n'avait-elle pas toujours su?

Autrement, comment pourrait-elle avancer qu'il y a, dans ma vie, « des choses qu'on ne dit pas » ? Comment pourrait-elle affirmer qu'il se passait dans cette famille des choses dont « on ne parle pas » ?

CONCOURS

Faut quand même pas que je lui mette tout sur le dos. Tout le monde dans cette histoire a tort, chacun dans son coin avec son bœuf sur la langue.

On était tous menteurs, hypocrites, lâches, et crasseux. C'était un vrai concours de crasse.

Et puisque moi j'ai sauvé ma peau – enfin, il faut le dire vite – on pourrait conclure que je suis la pire du lot, et me proclamer gagnante du tournoi.

Sans doute je serais admise à invoquer les circonstances atténuantes : moi, je n'avais pas d'armes, et les autres autour en étaient bardés.

Mais je n'invoquerai pas. L'innocence du faible, qui y croit ? Ne dit-on pas que, ce qui lui arrive, il l'a quelque part cherché ? Lui-même, certain dans son cœur que non, n'est pas exempté de doutes – au fait, légitimes : entièrement innocent, il serait mort.

UNE BELLE HISTOIRE D'AMOUR

La scène se passe au Palais de Justice. J'ai sept ans. On ne m'a pas indiqué ce qu'on est venus faire là. Il y a cet inconnu planté comme une pelle avec un sourire niais. On me plante devant. Elle, ma mère, me dit :

Embrasse ton père. Et moi :

« Non. »

Elle me file une baffe. Ma première.

On est rentrés les trois à la maison, et on a été une famille.

Et mes parents étaient divorcés », me dit larmoyant en final de l'histoire lamentable de sa vie l'infirme que j'ai pris en stop dans mon cabrio et un imprudent mouvement de pitié.

« Les miens aussi dis-je, quelle veine hein ? »

Malheureusement ils ne le sont pas restés.

De longues années encore je l'ai aimée, assez, en tout cas assez, pour être hors d'état de la tuer de mes mains. Il m'avait dit :

Si ta mère le sait, elle se jettera par la fenêtre.

UNE FEMME CAPABLE

Et bien sûr qu'elle en était capable. Elle avait fait pire que ça. Elle avait refusé de porter des chaussures. D'aller à l'école. De rentrer au logis. Vivant dans les champs, de carottes déterrées : telle me fut rapportée sa légende. A treize ans la rebelle ramenée à la ville par des parents subitement enrichis, chaussée, fourrée dans un cours, elle avait tout rattrapé d'un coup. Elle avait flanqué sa botte d'œillets blancs dans la figure du fiancé fortuné et en gants beurre frais qu'ils lui avaient fourni, et était allée me faire comme enfant de l'amour dans le bois de Meudon avec ce petit voyou de son âge (dix-huit), qu'il avait bien fallu lui laisser épouser de justesse et qui s'était sauvé très vite et depuis, elle se sacrifiait pour moi dans la rigueur morale et l'huile de ricin, et de jolies petites robes lui crevant les yeux le soir après le bureau et salopées le lendemain, avec flanelles honteuses en dessous. Elle avait une religion de ma santé et un médecin exprès pour, m'avait fait avaler des haricots verts pleins de fils et de coquillettes ramollies et des flocons d'avoine gluants – pour la cuisine elle ne valait rien mais elle avait un joli coup de crayon, des doigts de fée, et le goût de la perfection. Spécialement pour moi. Comme personne elle était remarquable, comme mère c'était Savonarole. Je n'étais pas supposée avoir quelque chose sous la ceinture à part de quoi purger. Même mon au-dessus n'était guère charnel. Je me souviens des bras de Babet. Pas des siens. Elle me préparait pour la sainteté. Si enfanter, alors un ange, elle ne s'en remettrait pas à moins. La barre était trop haute pour moi : je rampais dans l'indignité et la dévotion. Un seul de ses regards me réduisait à un tas de boue.

Elle était la plus belle, la plus élégante, la plus fière, la plus intelligente, de toutes les mères que je voyais aux autres. Elle lisait des tas de bouquins. Dont elle me passait ce qu'elle estimait sans risques pour mon âme (cela me poussant à piller dans les autres et ainsi lus-je de tout et n'importe quoi, de Maupassant à Delly). Elle avait chargé seule, à pied, un escadron de gardes mobiles lancés sur leurs chevaux contre la foule, dans ces temps troublés avec Hitler à côté. Elle a fini chez les anarchistes.

Bien sûr qu'elle en était capable.

Il pouvait me faire confiance.

Il jouait sur le velours.

UN FAMEUX STRATÈGE

IL faut dire, il était un fameux stratège.

Ou bien, est fameux stratège tout ce qui a reçu le droit de commander? Sorte de « génie d'état », comme on dit « grâce d'état » pour les confesseurs impurs. Après tout, c'est rarement pour leur intelligence que les chefs ont été remarqués, c'est essentiellement parce qu'ils étaient en pleine vue et personne ne pouvait les manquer. Il suffit d'avoir au bon moment ce qu'il faut pour sauter à la bonne place, une fois là il n'y a qu'à lever le petit doigt. On ne m'apprendra pas ça à moi, qui fus Roi. Quand j'ai été Roi, à six ans, j'ai édicté des lois moi aussi. Je me souviens seulement d'une : « Tout le monde fait ce qu'il veut. » Je ne suis plus sûre aujourd'hui qu'elle soit bonne vu ce qu'est tout le monde, que je ne savais pas à l'époque, mais il faut être Roi pour faire une loi comme ça. Il ne m'a manqué qu'un peuple sous moi.

Il lui manquait trop de choses à lui aussi mon père pour être Roi. Ou même chef de guerre (ça lui aurait diablement plu). Il était seulement chef de famille, ce qui n'exige qu'un tout petit spermatozoïde au départ et de ça il était pourvu. Mais dans sa zone d'activité limitée, il montrait un génie non moindre que les plus grands. Impatienté par de mes accès de mauvaise volonté à répondre à ses invites, il me disait :

« Si tu n'es pas gentille, ce sera la guerre. »

Guerre s'entend : simple restauration de la conduite familiale ordinaire, sous l'autorité paternelle et le couvert de la Loi.

(laquelle il n'hésitera pas à invoquer en clair quand il sentira le danger. Légitime défense. C'est un réflexe universel).

Sitôt la guerre déclarée, les avanies se mettaient à me pleuvoir dessus. Pas les coups non. Je ne fus pas une enfant martyre oh non. On a plutôt fait appel à mon intelligence. Les mots. C'était d'un meilleur rendement.

En temps de guerre, quoi que je fisse, ou ne fisse point, c'était mal. Et pas de pause. Sous le harcèlement je tournais réprouvée, abêtie, stupide, je ne faisais que des sottises (trait qui m'est hélas resté quand on est sur mon dos : je dois me débrouiller pour que ça ne se produise pas), d'où cercle vicieux ô combien. Lui, n'était pas l'exécuteur des avanies. Tranquille, à l'arrière, comme tout bon général, il n'intervenait pas en personne; tout juste quelque discrète relance si l'action fléchissait : ma mère, adroitement manipulée, s'activant seule sur le front.

Eclairée par son loyal avertissement, je pouvais suivre la manœuvre, où ma lamentable mère ne voyait que du bleu – et ne croyez pas que j'étais si fine mouche : c'est capacité normale d'un enfant de neuf ans pris dans ces jeux-là. « Et ne réponds pas à ton père! » m'intimait-elle si je tentais d'aller attaquer à la source. Elle le protégeait! Contre moi. Et plus que la mitraille, plus que l'acharne-

ment, le spectacle de sa bêtise à elle (ou comment appeler ça?) m'était un scandale; et, quelle tristesse, sentir en moi s'amenuiser comme une souris malade mon bel amour d'elle, et qu'elle ne s'en souciât point, ne le perçût pas même. Et, et, le plus lourd, plus lourd que tout : observer, là sous mes yeux sans larmes le bon fonctionnement de l'infamie, me retournait le cœur si fort qu'après une bataille dont la durée allait décroissant avec mon espérance je devrais, ou devenir folle – ce que je ne voulais pas, étant avertie que ce serait l'enfermement et ça, non : dehors, je voulais être, dehors c'était la bagarre. Dehors je pouvais rêver délicieusement son meurtre –
ou devenir folle,
ou faire reddition.
« Gentille ».
Il n'avait qu'à me sonner.
La vie reprenait son cours.

L'INFAMIE EST UNE AFFAIRE QUI MARCHE

« *I will not cease from mental Fight* »
William Blake, *Prelude to Milton.*

JE n'oublierai pas. J'avais pris la leçon. L'infamie fonctionne.

Ce n'était là que l'infamie ordinaire. De chambre. L'infamie d'état, donnée cadeau à tout homme qui épouse et engendre, pour qu'il en use à son gré. Dans sa petitesse, elle était modèle. Miniaturisée. Je l'avais vue entière. Sur ce bon humus il me poussa des antennes. Je sus pour toujours la reconnaître, depuis la petite échelle individuelle, lieu premier de sa gestation, jusqu'à sa dimension planétaire, je sus dès l'âge tendre la flairer à distance, et au stade naissant. Sur une photo de journal (ah les livres en feu à Berlin!), dans un maigre entrefilet, sur les affiches, dans la rue, sur la gueule des gens. Dans l'air du temps.

J'avais vu, je vis que plus elle est impudente mieux elle fonctionne.

Je sus qu'elle se fonde et prospère sur plusieurs dimensions ensemble, convergentes, cumulatives.

Sa survenance est comme les sauterelles, les épidémies de peste : elle apparaît. Elle naît d'une multitude de sources infimes, de suintements toxiques, par un hasard subit rassemblées en montée des eaux, qui recouvrent tout. C'est une catastrophe naturelle. Naturelle aux sociétés humaines.

Je vis que dès qu'elle s'est mise en marche elle l'emporte sur le reste; et que toute bonté devient sans force, et tout cerveau sans intelligence.

Bien que d'intelligence elle n'ait pas elle-même, et procède de son occultation, rien ne prévaut contre elle une fois en place, qu'elle ne se soit accomplie.

Je devins spécialiste de l'infamie, parano de l'infamie. Presque prophète. Mais jamais, et de si près que j'aie pu éventuellement m'en approcher moi-même, pas plus que les braves gens je ne découvris la parade contre sa dite « résistible ascension ».

L'infamie n'est pas le Mal. C'est une notion beaucoup plus claire, qu'on peut cerner, et non pas discuter à l'infini avec Dieu. Ça se passe ici. Ce n'est pas métaphysique. Bien qu'en apparence irrationnel, c'est de l'ordre du causal, du raisonnable.

Ce n'est pas une fatalité. On peut la combattre, en vain et sans espérance.

Il ne faut pas la laisser en paix.

Il faut être fou.

Je conçus mon slogan fameux :

L'INFAMIE EST UNE AFFAIRE QUI MARCHE

et, le temps venu et les moyens acquis (par des voies elles-mêmes assez infâmes), je le fis afficher sur les murs de la ville, qui tout un mois se demanda quel fantastique produit allait répondre à cette annonce fracassante. Et je reçus les propositions de plusieurs boîtes de pub.

Ma carrière était faite.

À CÉSAR

Je rends à César : ce fut du beau travail. Il n'a pas ménagé sa peine, ni son temps. Il lui en a fallu. Avec le handicap qu'il traînait à l'arrivée ce n'était pas commode pour lui. Sa femme n'a pas fait un pli je l'ai vue avec horreur tomber sous sa coupe en une minute mais moi, j'avais plus de suite dans les idées. Et peut-être un sens prophétique : n'avais-je pas lu en lui d'entrée? Remonter ça exigeait de nombreuses capacités, soins assidus, prudence endurance ruse, voire intelligence. Et un cœur de bronze.

Il eut une paternité difficile. Par chance il me trouva en condition de quasi complète innocence, grâce à ma mère je ne savais rien.

Et ne vis rien venir, jusqu'à ce que je me retrouve de l'autre côté.

Vous auriez vu ma photo, à cinq ans. Genou sur prie-dieu de velours rouge comme on faisait poser les petites filles chez les portraitistes de quartier. Cheveux de blé regard de ciel, lèvres entrouvertes en attente de manne divine. En plein rêve la môme, on pense : celle-là elle va pas tarder à y passer sous le rouleau compresseur. Elle y croit nom de dieu qu'est-ce qu'elle y croit !

Oui oui.

La photo je ne peux pas la montrer pour preuve, et avec le look que j'ai maintenant, de l'ange on chercherait en vain la trace.

Je ne l'ai plus malheureusement je l'ai perdue, au cours de ma vie errante. La photo. Je ne garde rien.

Ah, je ne suis pas née monstre.

Tout était à faire.

Ma foi, il le fit.

II

CÉSAR, DE LOIN

J'AI beau jeu maintenant, de très loin très haut et avec des pincettes, de le prendre sur ce ton, et ces airs d'avoir toujours tout su d'avance; chaque mot avec une overdose qui lui met un pied dans l'avenir, alors inconnu.

Bien sûr c'est amusant, et ça fait du style à double détente avec recul et le recul c'est l'art. Hélas ce n'est pas vrai c'est de l'usurpation, d'avance j'étais bête, et ne comprenais pas.

Et pour, honnêtement, montrer comment c'était avant que je sache ce que c'est devenu ensuite, sans balancer ma belle lucidité chèrement acquise sur quand elle ne l'était pas encore, je vais devoir ramper dans la poussière des circonstances et du passé défini. Et vous y traîner avec moi.

Donc, d'avance, j'étais bête. Et lui, non il n'avait pas l'air, à l'arrivée, de l'araignée tissant patiemment ses toiles pour sa petite mouche. En tout cas ça ne se voyait pas.

CÉSAR, DE PRÈS

IL faut lui rendre justice : il a mis du sien. Avec le handicap qu'il traînait à l'arrivée c'était dur pour lui. Sa femme était bien vite retombée sous le charme je l'avais vu d'un œil désenchanté, d'ailleurs Babet aussi succomba finalement, ah les grandes personnes! Mais moi, j'avais une tête de cochon. Et une peine de cœur quoi, j'étais larguée moi dans le nouveau régime et ils ne se gênaient même pas en ma présence, pour se faire des yeux doux. Ma mère, des yeux doux! Et du jour au lendemain, la peau qui brillait le cheveu qui luisait, le nez, moins pointu les lèvres, plus si minces. Embellie. Et c'était lui l'auteur de la métamorphose pas moi, je n'avais jamais accompli ce miracle en étant première six fois de suite, c'est injuste. Choquant : où étaient les leçons de bonne tenue la dignité tout ça? Je tirais une gueule de Juge Suprême. J'avais été le chevalier redresseur de torts dans cette maison moi, et s'il n'en restait qu'un je serais celui-là. Je devais être pénible. Et jamais ne lui fis entendre le suave nom de « papa ». Remonter ça exigeait beaucoup de patience, tolérance, courage et ma foi, intelligence. Et un cœur (pas de bronze s'il te plaît) bien accroché

Il eut une paternité difficile.

Il s'en tira.

– On a mal débuté tous les deux, bon. Mais on n'est pas obligés de continuer. Puisque nous sommes appelés à vivre ensemble désormais.

Désormais. Ça sonne funèbre.

– Moi je suis pour des rapports francs. Après tout tu as l'âge de raison. Tu peux comprendre.

Il n'avait pas abandonné ma mère. Il avait été chassé. Ils vivaient chez les beaux-parents hélas, il n'avait rien. Ce que la belle-mère ne cessait de lui faire remarquer. Dix-neuf ans, le service militaire pour tout avenir...

Dix-neuf ans. Tout d'un coup, un jeune homme. Un père jeune homme, c'était très bizarre.

– Sans doute on n'aurait pas dû, euh, aller au bois... Je te dis tout tu vois. Que veux-tu on s'aimait, l'amour ça n'attend pas. On était deux gosses quoi.

Roméo et Juliette. Sans le poison. Et voilà ce que ça donne. Moi.

Quand même il avait sa fierté. Le mépris quotidien c'était trop, il a fini par caner.

– Ta mère t'en a parlé?

– Hon...

– C'est vrai elle n'aime guère évoquer ces choses. Mais ta grand'mère a dû s'en payer sur mon dos elle. Non?

– Mmmm...

– Elle vit toujours au fait? Je n'ai pas osé demander.

– Mouais...

Depuis le retour du père prodigue on ne l'a plus

revue ici. Plus tard on m'enverra chez elle, m'embêter, parfois, le dimanche.

– Tant pis. Tu m'excuseras d'être sincère, je ne la porte pas dans mon cœur.

À vrai dire moi non plus pas tellement. Elle n'oublie jamais de me faire remarquer ce qu'elle paye pour moi, vacances petits noëls et ceci cela, que je ne demande pas (c'est défendu). Et son Bon Dieu et son Petit Jésus. Grand'père au moins dans son temps m'apprenait les étoiles de l'Abbé Moreux et les oiseaux, et à pêcher les crabes, à marée basse, en Bretagne. Mais comme dit Babet, « elle l'a enterré ».

– Au fait je suis désolé, pour la gifle. Ta mère ne savait sans doute pas qu'on t'avait monté la tête, il faut la comprendre...

En tout cas lui, il ne veut pas du mépris reconduit à travers les générations. Il tient à ce que, moi, j'entende la vérité. Même si ce n'est pas très amusant.

Mes jambes me démangent. J'ai plein de devoirs à faire, moi, à la maison. Et si je ne suis pas première, je déçois. Mais c'est mon père, quand il m'appelle je dois obéir. J'ai été élevée comme ça. Lui il n'a pas de bureau comme ma mère, qui a gardé son travail à mi-temps. Il a ses « rendez-vous d'affaires », quand il veut. Et quand il veut, il se prélasse au lit. Lorsque je n'ai pas classe il me raconte sa vie, en épisodes. Et moi, hon, euh, mmm.

– Au moins que tu aies les deux sons de cloche. Ainsi tu pourras choisir...

Entre ma grand'mère peau de vache et mon père salaud. Et ma mère muette, sur les sujets sérieux, pour adultes.

– ... Tu jugeras par toi-même.

Je jette des regards vers la porte...

– Va. Je ne veux pas prendre trop sur ton temps.

– ...

– Je sais que tu es capable de comprendre, d'ailleurs les enfants comprennent beaucoup de choses ils ne sont pas idiots. Et plus tôt qu'on croit. C'est surtout après que ça baisse l'intelligence. Non ?

– Mmmm mmmm.

– Tu as été une très bonne surprise pour moi tu sais. Je t'avais à peine vue. Juste un petit bébé. Et je retrouve une personne. Qui sait ce qu'elle veut. Même si tu me faisais la tête...

Pourquoi au passé ? je continue.

– Tu es jalouse, c'est normal. Tu l'as eue si longtemps pour toi seule, tu étais au paradis...

Jalouse ? C'est un peu faible. Paradis, plutôt fort.

– ... mais bon dieu je l'aime moi aussi ! Et moi c'est pas parce que c'est ma mère c'est pour des vraies raisons !

Mère, c'est pas des vraies raisons ?

– Il faut que tu l'admettes : on peut être deux à aimer la même personne.

C'est l'autre bord qui me fait du souci : si, elle, elle peut en aimer deux à la fois.

– Au moins tu peux te dire que tu es une enfant de l'amour.

Enfant de l'amour. Gosse de gosses. Et sortie du bois. J'étais vraiment de première fraîcheur.

– Bon, retourne faire tes devoirs.

Il se débrouillait à ne pas trop tirer sur la corde.

Alors on l'avait divorcé pour abandon de famille, ne pouvant le retrouver.

– Où t'étais ?

– Je servais la France, dit-il, avec redressement de menton. J'ai devancé l'appel.
– Mais il y avait pas la guerre!
Eh oui. Je parlais. J'oubliais de faire la gueule. Presque. Je trahissais, à mon tour je m'étais fait avoir comme les autres. Oh j'avais bien un peu honte : moi, le chevalier! Je me gardais un dernier bastion, pour l'honneur : ne pas lui dire « papa ». Ça, ça ne passait pas.

Ça ne passa jamais.

– Des guerres lointaines il y a toujours. La France est un Empire dit-il, fièrement, comme si elle était sa propriété.
– Mais, c'est une République!
J'étais en deuxième année et un puits de science. Il expliqua, avec des colonies on est un Empire sans avoir besoin d'empereur.
– Ensuite, j'ai fait ma vie...
– C'est quoi, faire la vie?
– Pas la vie. Ma vie. C'est pas pareil.
Dans sa vie, il avait un but : lui revenir. Il n'avait jamais cessé de l'aimer. Mais alors, pas les mains vides. Il voulait la mériter...
Bouh, quelle eau de rose, moi l'amour, ça me barbe.
– Mais qu'est-ce que c'est alors, faire la vie?
– Ah c'est ça que tu veux savoir, on est curieuse hein? C'est faire ce qu'on a envie. S'amuser, se donner du bon temps, manger, boire... et le reste. Oh remarque je n'ai pas craché dessus, après tout j'étais libre comme un célibataire, on m'avait condamné à la liberté il ne me restait qu'à en profiter non?... Non?
Ben, oui, quoi.

Babet me dit –
quand on habitait encore dans sa maison; ensuite on est allés dans un vrai appartement, plus loin de l'école, ma mère ne travaille plus que le matin et plus besoin qu'on me recueille. Je rentrais en coupant par le cimetière, qui était comme la campagne, et me deviendrait un jour si cher. Pour voir Babet je devais faire un crochet exprès et on devint moins proches, elle n'était plus ma vie quotidienne, et puis elle entra à l'hôpital, et je n'allai pas la voir autant qu'il aurait fallu et ne me le pardonnai pas.

Babet (c'est elle en fait qui me fit caner à la fin) me dit : on lui a peut-être fait tort à cet homme, à prendre pour argent comptant l'autre punaise de sacristie qui pétait plus haut que son cul, ainsi parlait Babet quand elle était en rogne, c'est là qu'elle me raconta l'affaire des œillets dans la gueule du riche fiancé avec lequel je ne serais pas au monde. (J'avais frôlé l'inexistence : je tenais à un bouquet). L'histoire elle avait eue directement de ma mère. Qui lui en disait plus qu'à moi, et elle n'avait pas raison : moi aussi j'étais capable de comprendre.

Mais maintenant il est l'homme qui revient à son foyer fortune faite, enfin, ce qu'il faut pour soutenir honorablement sa petite famille la mettre dans ses meubles (pas terribles les meubles à mon avis qu'on ne demandait pas), les mains pleines de dons, principalement des vases chinois qu'il appelait des mings, « Tu es tombé sur un lot? » lui demande son frère Paul, réapparu avec sa femme après la longue éclipse du divorce : ma mère ayant rompu durant avec toute cette branche de la famille.

Mais il en faut bien, des pots, pour mettre toutes les fleurs, qu'il importe par brassées et par amour. Et quoi, le mauvais goût c'est pas un crime.

Ou bien si?

Et moi dans la foulée d'amour j'ai mon piano! Que je réclame depuis que je suis sortie de l'œuf. Et qui lui vaut une petite scène.

Ma mère, alarmé : Tu crois qu'on peut se permettre?

Lui, royal : On peut tout se permettre! (ce qui s'avéra un mensonge éhonté mais pas tout de suite).

– Et ça prend une telle place!

Il en a déjà une et moi devant assise en train de repérer la gamme. Elle soupire.

– J'aurais tant aimé qu'elle joue du violon...

– Mais moi c'est le piano que je veux! la joie m'enhardit. J'essaye de lui sortir d'une main *Plaisir d'amour,* pour l'espoir. Mais elle :

– Toi, tu n'as rien à dire. Et lui, tout doux :

– Si, voyons. Elle a à dire. C'est *sa* vie.

De quoi elle reste comme deux ronds de frites devant cet impensé, cette révélation : que j'aie une vie, avec un possessif, et moi,
moi, oh, tout à coup,
je me suis sentie exister.

– Tu crois que tu pourrais maintenant, me le donner? Ce baiser de bienvenue. Il me manque toujours tu sais... Bon bon, je peux encore attendre. Tu n'as pas l'habitude des câlins hein? tu as eu une éducation bien tristounette... Enfin, c'est ma faute aussi, je n'avais qu'à être là. Je n'ai plus qu'à me racheter...

Ma mère le trouve trop coulant.
– Il faut être ferme avec elle.
– Huit ans écoute. C'est encore petit.
– Tu ne la connais pas (discret rappel de la Désertion). Tu ne sais pas quelle tête de cochon elle peut être.
(« Je sais quelle tête de cochon tu peux être me dit-il, en aparté. Seulement je ne suis pas sûr que c'est toujours un défaut »)
– Elle aime qu'on lui explique, dit-il.
– Tu n'en tireras rien comme ça.
– Mais si, mais si.
(J'entends à travers la porte de leur chambre : nos vieux murs sont épais mais nos vieilles portes mal jointes quand on se met juste derrière, tout passe.)

– Tu sapes mon éducation. Dieu sait que j'ai eu assez de mal.
– Chez les flics, il y a toujours le gentil, et le méchant, en même temps. Ça marche très bien.
– On n'est pas chez les flics.
– Hum...
– Et bien sûr tu te prends le beau rôle !
– Bon bon ne t'énerve pas, je vais faire un effort. Ce n'est pas bien dans ma nature, mais, pour te faire plaisir...

Application :
– C'est à cette heure-ci que tu rentres ?
– Je suis allée voir Babet.
– En ce cas tu nous avertis avant, qu'on ne s'inquiète pas.
– Mais je savais pas avant !
– Et ne réponds pas je te prie.
Poli avec ça. Et petit regard dans ma direction

comme quoi c'est pour jouer. Docile je la boucle. Elle est contente. Soulagée, ne se sent plus seule face au Devoir, peut-être que ça lui coûtait d'être chèfe? S'adoucit, il y a sourires, mots gentils, on devient une vraie famille unie. Devant, il est le maître naturel, moi la bonne petite. On lui fait plaisir. « On ». Nous. Lui et moi.

Derrière, c'est la liberté. J'ai tous les droits de réponse, il dit : je suis pour le dialogue. A égalité.

Et tous les droits de question : la curiosité n'est pas un vilain défaut, ça fait marcher la tête, tu peux me demander ce que tu veux, qu'est-ce que tu voudrais savoir par exemple?

– Euh... Tout.

– Eh, je ne sais pas tout. Je ne suis pas allé à l'Université moi tu penses bien, pas eu le temps. J'ai appris tout seul. La vie tu sais, c'est une école aussi. Voyons, tu veux comment on fait les bébés? tous les enfants veulent savoir ça.

– Oh, « ça » je sais déjà, dis-je, dédaigneusement. Douchka nous l'a dit. Une grande, elle est dans notre classe parce qu'elle vient de Russie et elle est en retard pour le français. (Mais pas pour le reste.) Et, l'air dégoûté (je l'avais été) : c'est pas marrant. C'est moche d'être une fille.

– Ne crois pas ça, dit-il. Il y a de belles compensations. Justement il semble qu'elle ait négligé un détail : ça peut être, aussi, un plaisir. Par exemple quand on est amoureux.

– Beuh.

– Et sans doute elle n'a pas dit non plus comment ne pas les faire. Ce qui est encore plus important. Elle ne devait pas le savoir, ça ne se sait guère. Moi non plus je ne le savais pas quand je t'ai faite. Et voilà le résultat, dit-il, en m'ébouriffant les cheveux.

Je réfléchis.
– Tu veux dire, si tu l'avais su, je n'existerais pas?
– Probablement pas. Bien raisonné.
Ça ouvrait des abîmes. Que je, moi, pourrais ne pas exister? et où je serais?
– Et ce serait bien dommage, dit-il. La vie est pleine de paradoxes tu vois.
– C'est quoi paradocte?
– Doxe. Il prend le dictionnaire, décrète que c'est pas clair du tout ce qu'ils disent, ce qui est aussi mon avis, et donne sa définition : Une chose qui a l'air d'avoir un sens, et qui en a un tout à fait autre; par exemple, ma fabrication. Qui avait paru d'abord un coup dur et était en fait un très beau cadeau.
– Je suis un paradoxe! m'écriai-je ravie.

C'est un mot que je n'oublierai pas. J'en aurai beaucoup l'usage.

Mais ce qui me préoccupait pour l'heure ce n'était pas les bébés comment les faire ou pas (d'ailleurs me rassura-t-il tu as encore dans les cinq ans tranquilles de ce côté-là).
C'était si Dieu existe.
– Ça te fait vraiment du souci?
– Ben oui. D'un côté il y a les Babet qui bouffent du curé, et de l'autre la grand'mère qui me flanque la trouille avec son Enfer. Faut que je me décide avant qu'il soit trop tard.
– C'est vrai, la fin du monde peut arriver d'un instant à l'autre. Ecoute, je ne peux pas te donner une réponse certifiée. Les plus grands esprits n'ont jamais pu se mettre d'accord là-dessus. Je peux juste te passer un truc, en attendant : si tu le sens, il existe, si tu ne le sens pas, il n'existe pas.

– Ok. Euh... je n'arrive pas à savoir si je le sens, à quoi ça se sait ?

– Ben, on sent qu'on sent quoi.

– Tu sens que tu le sens toi ?

– Non.

– Ah bon. Alors c'est ça que je ne sens pas non plus. Et ma mère ?

– Officiellement, non. Mais elle croit au Bien.

– Ah, ça oui !... Pas toi ?

– Ma foi, moi.. en tout cas je crois au plaisir. Ça on est sûr que ça existe, on le sent. C'est pas vrai ?

– Oh, si ! dis-je, avec gourmandise : me rappelant la langouste de gala qu'on avait eue pour fêter le Retour au Foyer. Inoubliable. La langouste pas de doute j'y croyais.

– Ah, tu sais donc... D'ailleurs il y eut un temps, le plaisir était un dieu. Avant l'invention du péché. Les Grecs. Ils étaient sains ces gens-là.

– Le péché est une invention ?

Je n'en revenais pas.

– Ce malheur est assez récent oui. Il alla fouiner dans son rayon personnel, voyons, dit-il, Anacréon, Oppien... Tiens prends celui-là pour commencer, il est drôle.

J'aurais jamais pensé que les Grecs pouvaient être marrants.

– Ne le laisse tout de même pas traîner, ta mère n'est pas aussi libérale que moi.

Aristophane. *Lysistrata.*

– Moi je pense que les enfants peuvent tout lire. Ils vont à la pêche, ils prennent ce qui est pour eux et jettent le reste. Je fais confiance. J'ai pas raison ?

Et comment ! Depuis le temps que je pratiquais le truc.

– C'est des comédies. Alors parfois il y va un

peu fort. C'est ça le comique. L'exagération. Ne t'en fais pas, ce qui t'échappe tu laisses tomber. Ou tu me demandes. Toujours prêt! et fait le salut scout. Il lui arrive même d'être drôle.

Il est rudement fort. Il m'apprend des trucs de combat. Comment on peut tuer rien qu'avec la main : « Comme ça tu vois? » (mais il s'arrête avant). Emmener quelqu'un où on veut en tenant son poignet juste entre deux doigts.

– Comme ça tu vois?

– Aïe! (je vois).

– N'aie pas peur je sais quand lâcher, c'est seulement pour te montrer.

Il m'inscrit au judo : « La vie est dure parfois, je veux que tu saches te défendre. »

La vie est dure, pleine de paradoxes dont moi; c'est une école; la faire ce n'est pas mal, faire « sa » vie c'est bien, et j'ai la mienne, à moi, qui joue du piano. Essaye.

Aurais-je en fin de compte touché un papa-copain, me serais-je trompée sur lui aurait-il été victime des calomnies? (et donc serait lui aussi un paradoxe).

Quant aux Grecs ils m'allaient très bien, en gros. Je lui demandais quelquefois de m'expliquer un truc, et il m'expliquait. Il ne se défilait jamais.

Il me parlait comme à une personne.

« Qui mieux qu'un père est qualifié pour instruire son enfant des choses de la vie? », me lit-il, referme le bouquin d'où il a tiré ça et le replanque, j'ai juste aperçu le mot « boudoir » dans le titre.

– Le reste est tout de même trop rude dit-il, ce n'est pas ton style. Ni d'ailleurs le mien. Toi, c'est plutôt la finesse ton style. Il te faut plus de délicatesse...

Moi? Enfin, s'il le dit.

– Tu es un peu bloquée... Pourtant ce n'est pas

dans ta nature je le sais... (il attend). Tu as manqué de tendresse... (il attend). L'austérité, ce n'est pas bon... On perd l'habitude des caresses et après... C'est comme ça qu'on devient comme ta grand'mère... Ce serait bien dommage... Tu ne mérites pas ça...

Il a beau attendre entre chaque phrase. Je ne sais pas bouger. J'ai pas l'habitude il a raison. Au fond c'est triste. Seulement avec Babet ça va mais elle, c'est tellement « dans sa nature ».

– Allez retourne travailler... (toujours rien). Si tu as besoin d'aide tu peux venir.

Ça, voire : le jour où il a eu un 3 à mon problème, j'ai rajouté un 1 devant pour qu'il ne soit pas trop vexé (ma délicatesse). « 13 ! ils ne sont pas larges », s'est-il écrié. Moi je tournais autour de 16 sauf blocage complet et c'en avait été un, d'où besoin d'aide et ça resterait l'exception, à l'avenir j'aurais mes 3 par mes propres moyens.

Ce jour j'embarque, secrètement, les *Aventures du Roi Pausole,* sous le manteau rouge d'une couverture dérobée au *Bon petit diable,* car « elle n'est pas aussi libérale ».

– Pourquoi faudrait-il cacher les choses de la vie, puisqu'elles existent ? Ne vaut-il pas mieux les connaître avant qu'elles te tombent dessus ? Ok ?

Ok. J'acquiesçais. J'avais une grande soif de connnaissance.

– Je serais heureux de te rendre ce service. Tu en as vraiment besoin, soupire-t-il.

Alors ce livre, il t'a plu ? Viens me dire ça.

Il me tend la main.

Je me suis retrouvée de l'autre côté.

Oh je n'en veux pas à Pierre Louÿs c'est un écrivain très charmant – au reste ses *Chansons de Bilitis* en musique devaient par la suite lointaine jouer dans ma vie un rôle essentiel, et d'une tout autre nature. Au moins lui, il a un humour, et une délicatesse en effet, guère courante dans le genre.

Ce qui, justement, ne le rend que plus félon.

C'était un bon choix.

III

DE L'AUTRE CÔTÉ

JUSQUE-LÀ, il avait été très discret.

Ce n'est qu'ensuite, de l'autre côté, qu'il se laissa aller.

Il était tout entier dans son bonheur et moi avec, quand il y en a pour un y en a pour deux. J'allais de soi.

Il me couvrait de flatteries qui m'empourpraient, et de mots imagés qui me fronçaient le nez. Sans qu'il en parût moins heureux.

Son bonheur pour deux se passait du mien.

Lui là-bas dans sa gloire, moi ici noyée dans mon indignité.

D'où il était il ne me voyait pas.

Moi je voyais le Prince qui devient Ogre à la nuit. Le matin, bon. C'est pareil.

On n'avait pas le même autre côté.

J'aurais voulu me cacher mais il n'y avait pas où. Il ne traîna pas à me découvrir dans le placard de l'entrée.

– On joue à cache-cache? Allez sors, tu es prise. Ou, veux-tu que j'entre aussi?

Il disait que j'inventais de très jolis jeux.

– Alors il faut qu'à chaque fois je te prie. Tu fais ton apprentissage de femme ? Très bien, mais il faudra aussi apprendre où t'arrêter si tu veux ferrer le poisson.

Si c'est comme je « sentais », Dieu avait deux têtes.

Les deux me donnent des ordres.

« Viens ici », dit l'une, et l'autre : « Sors de là ! »

Et n'allez pas croire que « Viens ici » serait Le Père (bien qu'il l'ait dit hélas souvent), et « Sors de là » La Mère, intérieure. C'est trop simplet.

Les deux étaient moi.

MÉTAMORPHOSES DE LA PHOTO SOUVENIR

L'EMBÊTANT c'est que j'ai oublié le « ici là ». Ma mémoire passe directement de avant, à après. Des morceaux ont sauté de mon film, et non des moindres. Pour ainsi dire je ne les connais plus que par déduction : il a bien fallu qu'ils aient eu lieu. Ma tête sait ce qu'ils sont. Mais je ne les *vois* pas. Et moins encore les *sens* : ça, rien à faire.

Pourtant j'ai dépassé huit ans quand les choses ont ainsi basculé. Et j'ai une mémoire de corbeau. D'ailleurs je me rappelle parfaitement ce qui n'a *pas* eu lieu. J'ai, aussi, comme sur une photo devant les yeux, sa figure où s'étale un grand sourire heureux. Le Prince se changeant en Ogre a fait une apparition fugace dans ma tête pleine de contes. Peut-être. Ou, l'aurais-je ajouté ensuite? Je distingue mal dans le passé entre le présent et le futur.

En fait je plonge dans un état d'absence. Enveloppée dans un brouillard (secourable?) au fond duquel cette chose n'est pas arrivée.

C'est seulement lorsque le tableau s'est éclairé en entier que la photo souvenir est devenue ces jolies images, le sourire du chat qui vient de bouffer sa souris, le gagnant de la coupe, l'Ogre peut-être; et à la fin, l'araignée tissant patiemment sa toile pour sa petite mouche, dès le tout début. Mais cela, c'est de la rénovation. Du replâtrage.

Ce que je me rappelle nettement par exemple, du tout début – et je les *sens* encore – c'est mes jambes. Qui me démangeaient. Réflexe prophétique.

Elles en savaient plus que moi.

Elles ont toujours été les premières à piger. Et m'avaient déjà portée loin du sinistre quand ma tête s'y mettait. J'aurais pu faire carrière dans la course à pied si je n'avais été prise par d'autres activités. Ma vitesse de décollage, c'est comme la spéléologie de Jason tiens. C'est drôle comme on attrape des talents qui n'ont rien à voir, en apparence.

Quand j'ai essayé de me rassembler car m'en allant en lambeaux, j'ai dû affronter mes bouts manquants (non des moindres). J'étais dans une phase Connais-toi toi-même avec Ecole de Conscience et lisant Daumal et tout. Ce n'est pas honorable pour un aspirant à la Sagesse d'être plein de trous. Sans parler des chutes dedans, à répétition. Donc je localisais le trou. Facile : entre « avant » et « après ». Je m'en approchais, je me penchais dessus, et – en marche arrière à toute vapeur. Nausée. Je ne voulais pas. Non, pas une seconde fois. Les trous sont plus confortables que la Connaissance.

Je les ai traînés jusqu'à Jason. Qui avait les mêmes et ne voulait pas aller y voir non plus.

Alors nous tenant par la main comme deux mômes épouvantés dans la noir, mettre nos effrois en commun.

Et consentir à la beauté des choses, sous la boue, comme l'or.

Si j'ai vu clair, ce n'est pas au moyen de mon intelligence – dont avec toutes mes prétentions je n'avais pas assez, en tout cas pour mes besoins, et je ne comprenais rien au moment où ça se passait. Pendant. Dans le présent.

Au fait, est-ce qu'on comprend jamais dans le présent ?

Si j'ai vu, ce n'est pas par mes propres lumières, c'est grâce à lui, mon père, à son obligeante intervention. Due à ses impatiences : il ne pouvait pas attendre ça le rendait fou. Alors il se servait de sa position élevée pour être heureux plus vite.

Je pourrais dire : il a fait des erreurs. Mais non. C'est pas des erreurs, c'est la règle.

Quand on a la veine d'occuper une position élevée, on ne peut pas s'empêcher de s'en servir pour avoir ce qu'on veut. Ou alors, ce n'est pas élevé, et on n'a pas. On n'a que ce que le monde veut bien.

Il n'a pas pu se retenir d'être le plus fort. Il était prisonnier lui aussi là-haut dans son aire et n'en pouvait descendre. Et là j'ai vu, sur la photo, l'ogre affamé le chat repu l'araignée tapie toute la ménagerie. Je suis retombée comme une pierre dans la loge de Babet, où « les hommes ne pensent qu'à ça, tous des cochons ».

Nos deux côtés ne pouvaient pas se rejoindre.

– C'est une relation merveilleuse que nous avons toi et moi. Une relation privilégiée. Tu devrais apprécier ta chance. Mais je te fais confiance. Je fais confiance à la Nature moi. Bon sang ne peut mentir.

Indomptable le mec.

– Ou préférerais-tu que je ne sois qu'un père? dit-il, égayé par l'idée.

Un père :

– Je ne t'ai pas payé un piano pour que tu nous casses les oreilles du matin au soir, et le referme sec, j'ai juste le temps d'ôter mes doigts. Une demi-heure ça suffit, décrète-t-il.

Où est passée « ma » vie?

Avec la complicité de Mademoiselle Miranda qui comprend ce type de situations, j'entreprends de déchiffrer *Pour Élise* : ma mère aime bien. Sur le disque.

Mais pas forcément avec vingt fois la même mesure. Et lui :

– J'ai peur qu'elle ne soit pas très douée, crois-tu que c'est la peine de continuer les leçons? Au prix où c'est.

Le voilà pingre subitement! et c'est ma mère qui ne le suit pas. Je travaille frénétiquement quand ils ne sont pas là. Je produis une chose approchante, elle reconnaît l'air. Echec pour lui.

– 4 en maths? zéro en histoire? 2 en français ça c'est un comble, qu'est-ce que c'est que ce livret?

Je vois bien qu'il joue je le connais à présent. Mais tout seul, il s'amuse à faire le papa bon teint.

– Tu peux me demander de t'aider.

Ça vieux, compte dessus.

– J'aimerais mieux pas, intervient ma mère, elle peut si elle veut, et à moi : Quelque chose ne va pas? Je hoche la tête misérablement oui. Quelqu'un, ne dis-je pas.

– Quoi? dit-elle.

Je me tais.

Le médecin consulté évoque la croissance, « elle n'est pas déjà formée? » – « Non non ! » se récrie ma mère à toute vapeur pour mes chastes oreilles : elle veut me faire la surprise. Formée. L'horrible mot. Heureusement lui, m'a « instruite des choses de la vie ».

« Il » a aussi des avantages.

Tiens, un paradoxe.

– D'où viens-tu?

– Voir Babet.

– Encore? Qu'est-ce que tu as avec cette Babet tout le temps?

Je l'aime, voilà ce que j'ai avec.

– Tu nous feras le plaisir d'y aller moins souvent. Ou ce sera plus du tout.

– On ne peut pas faire ça à Babet. Pas en ce moment. Ça lui ferait de la peine, dit ma mère. Refusant de lui complaire jusqu'à l'oubli des bienfaits.

– A moi aussi, je dis, lui dédiant un sourire reconnaissant.

Je vise le renversement d'alliance.

Lui de même, par ses moyens à lui : il fait sa cour. Pardon : joue à. Qu'est-ce qu'il me fait de bons yeux!

On se l'arrache. La pauvre ne sait pas de quoi elle est l'enjeu : comment se douterait-elle? N'est-ce pas naturel qu'on se dispute ses faveurs, ne suis-je pas la sale môme jalouse? C'est plus naturel que notre complicité, à lui et moi. Enterrée à présent.

– Et tu sais tes petites ruses diplomatiques cousues de fil blanc, ça n'a pas d'avenir. Je te laisse exercer tes talents parce qu'on joue. Ce n'était qu'un petit échantillon. Mais je peux faire mieux s'il faut.

Echec pour moi.

– Non que j'y tienne, je préfère que ça aille bien entre nous tout simplement.

Tout simplement.

– Tu as vu? Qu'est-ce que tu préfères?

J'ai vu. Les deux sont pires.

– A toi de décider.

LES DITS DU MAÎTRE

– Et dis-moi, qu'est-ce qu'il te reste à perdre maintenant ?

C'est vrai c'est déjà perdu. Mes illusions.

– D'ailleurs on n'y peut plus rien, ce qui est fait est fait on ne revient pas en arrière.

Puisqu'il le dit.

– Ou alors il n'aurait pas fallu que tu commences du tout.

Que « je » commence.

– Nous sommes embarqués dans le même bateau tous les deux, que tu le veuilles ou non.

Un à la barre l'autre aux fers.

– Si c'est ça qui te dérange les liens du sang ces vieilles lunes je peux te rassurer : c'est pratique courante dans les familles.

Rassurée.

– Et personne ne s'en plaint.

C'est vrai on n'entend pas s'élever de partout des cris de douleur. Les miens non plus.

– Après tout est-ce que je suis ton vrai père ? On n'est jamais sûr de ça.

La vertu de ma mère par-dessus les moulins Roméo et Juliette aux orties. Et toute la sauce d'amour qui sait, une invention, depuis le début ?

C'est là que l'araignée tapie est arrivée sur la photo.

– S'il te plaît non... Laisse-moi...

– Quoi! (photo : la souris repoussant le chat). Quand je dis viens, tu viens. Je suis ton père.

Qui est quoi où comment quand, ma grammaire fait des nœuds elle me fout le tournis.

Ainsi que l'avait dit ma mère il ne me connaissait pas. Et comme il ne me voyait pas il n'avait pas appris. Il apparut que j'étais de la sorte qui dès qu'il y a des barreaux se jette dessus, je ne sais pas où j'avais pris ça. Peut-être de « bon sang ne peut mentir » – mais celui de ma mère. Qui elle, mienne, l'est, avec certitude.

J'entrai en résistance.

Il sortit les armes.

– Si tu n'es pas gentille, ce sera la guerre.

Enfin on se retrouvait dans la clarté des choses.

Les deux côtés s'étaient rejoints. Au seul lieu possible : sur le front.

J'aurais droit, du moins, à mes défaites.

– Pourquoi voudrais-tu que je sois agréable avec toi si tu ne l'es pas avec moi? Je suis humain.

Dieu existait. Je le *sentais*. Il était là, dans le Vertige de la Nature Humaine.

VERTIGE DE LA NATURE HUMAINE

Au Jardin des Plantes, il est interdit au public de donner de la nourriture aux animaux. Vous savez pourquoi ? nous dit le père de Sylvie.

Ce n'est pas de peur qu'ils mangent trop.

C'est parce qu'il y a des gens qui leur jettent des boulettes de viande avec des morceaux de lames de rasoir dedans.

DES PAPAS DE RÊVE

La pensée, irrationnelle comme sont les souhaits, m'a souvent traversée durant mon enfance rêveuse que si, après une longue éclipse, un père devait m'échoir comme à la loterie, j'aurais pu au moins toucher le gros lot, au lieu de ce que j'ai chopé.

J'aurais pu avoir un papa exotique comme celui de Douchka avec son délicieux accent et ses souvenirs de grandeur. Ou celui de Sylvie, qui conservait le Jardin des Plantes, et nous expliquait la Nature, y compris Humaine. Même celui de Gisèle, qui était bête : un peu bête c'est peut-être vexant mais ça se filoute. Le mien non. Ou ce monsieur Burton toujours entre deux voyages lointains (un père jamais là !) qui venait pour affaires en secouant les clefs de sa décapotable bleue – il devait être arrêté comme escroc mais ça, ça ne me gênait pas; même si le mien était parmi ses pigeons. C'était de l'Aventure. Ou s'il faut rester dans la famille j'aurais préféré son frère Paul, qui aurait dû me faire à quinze ans c'est un peu juste. Charmant, et possédant une auto, pas décapotable mais qui roule, pas comme ce clou à lui tombé en panne devant la porte à l'arrivée et jamais reparti. Ridicule. Qu'il ait quelque chose quoi. Qu'on puisse annoncer sans bafouiller – tandis qu'un truc sinistre comme recouvrements allez donc expliquer ce que ça recouvre (à part un paquet de fric par-ci par-là et plein de pots, et plus souvent rien du tout et des scènes à travers la porte) – et amener tranquillement les copines à la maison.

C'est là que le bât me blesse.

Je n'ose plus les inviter.

Jadis aux temps maternels dans le petit logement tout minable on tenait à cinq. Et maintenant qu'il y a toute la place, pas une.

Je ne voulais pas le montrer.

Je sentais ma parole comme avoir un débile à la maison qui bave et la main dans sa culotte, qu'on cache. Et moi faisant comme si, là devant elles, gnagnagna, la comédie du bonheur la famille comme les autres. C'était trahison. Je n'étais pas une famille comme les autres. J'étais une maudite moi. Alors que je reste dans mon coin.

Est-ce que j'aurais préféré avoir celui d'Odette, qui distribuait les beignes à toute la marmaille? Odette ne cachait pas ses malheurs. Elle pouvait causer, elle. Les beignes c'est officiel. Au catalogue. Moi pas. De moi on ne parlait pas, je n'étais nulle part. J'étais un secret honteux. Et honte j'avais. De ce qui m'arrivait. A moi. Unique de mon espèce. Avec de la marmaille pour partager ce serait quand même moins triste. Et peut-être ensemble on aurait fait la révolution.

Oui n'importe quoi valait mieux que ce que j'avais.

Faute de ces réalités enviées j'en cultivais le soir dans mon lit à l'état de rêve, et sur mesure. Moi je ne jouais pas avec des poupées je jouais avec des papas.

Dire que lorsque je n'en avais pas je n'en sentais aucun besoin, j'étais au complet avec ma mère toute seule. Et voilà maintenant j'en étais à m'en fabriquer des pleines caisses.

Son idée qu'il n'était pas mon vrai père avait fait mouche : il ne l'était pas, voilà. Et ma mère à la réflexion était plus à portée avec un peu moins de vertu.

De ma caisse à papas parmi les innombrables mieux-que-ce-que-j'avais, je sortis le funambule, danseur sur fil et sans filet dans un cirque. International (ma bougeotte : on voyageait tout le temps). Un père qu'on risque de perdre tous les soirs, quel suspense! un vrai roman, on pourrait même l'écrire et je m'y mets : chaque soir quand il redescend sur terre, sa fille se jette dans ses bras : sauvés! jusqu'à demain. Je vis dans l'angoisse c'est merveilleux, et en plus dans la peur qu'il reparte faire sa vie. Il aime l'aventure. Mais je t'aime toi encore plus soupire-t-il, cette nuit-là en haut d'une montagne sous le ciel étoilé il tombe à genoux. Mais c'est pour prier : il demande à Dieu de lui envoyer la foudre. Non : avec les étoiles ce n'est pas vraisemblable. Eh bien puisque le Ciel se tait, ce soir à la représentation il se laissera tomber de son fil, pour me sauver de lui, voilà ce qu'il va faire. Fin. Et pourquoi s'il te plaît? me crie Roxane (c'est mon nom dans le roman), alors moi je dois pleurer le reste de ma vie? Qu'est-ce qu'il a fait de mal? Il n'a pas joué au chat et la souris fait chanter ni sorti les armes. Il m'aimait...

En somme ce qui me manquait c'est l'amour et la démocratie?

D'ailleurs si tu le tues on sera en plein mélo.

Là tu as raison c'est un argument. Et si je ne le tue pas on sera où?

On sera heureux.

Ah oui, une bête histoire d'amour, alors là on plonge en pleine guimauve, c'est Delly. Y a plus qu'à apprendre que c'est pas ton vrai père. Dans Delly...

Le papa pendant ce temps-là posé sur son fil sur un pied attend, je tombe, je tombe pas? qu'est-ce que vous décidez les filles mettez-vous d'accord, j'attrape la crampe moi, c'est la foule dans ma chambre ah, qu'est-ce que c'est bien de ne pas être toute seule, je ne le serai plus jamais j'ai trouvé la voie royale pour battre ma sale réalité à plate couture, là-dessus voici ma mère insomniaque en chemin vers la salle de bain : « Tu ne dors pas encore! éteins immédiatement. Et laisse ta porte ouverte combien de fois faudra-t-il... » Elle la rouvre, j'ai juste le temps de planquer ma gribouille sous le cahier, plus tard je la mettrai dans ma cache secrète inviolable, avec mon journal intime (déguisé), et mon Delly, qui sera un tel monument de bêtise que ça en deviendra grandiose et au diable la sale réalité...

Dans mon Delly on apprend, quand ils sont au bord de l'abîme, mais pas encore y tombés (dans Delly on ne tombe pas), par une confession de la mère (au curé? à sa vieille nounou? sur son lit de mort? non, pas de lit de mort, on peut avoir besoin d'elle plus tard, faut pas tuer les personnages dès le début), on apprend que l'enfant trop aimée est en réalité le fruit adultère d'une faute (unique) commise dans le désespoir de se voir négligée par le mari pris dans un autre amour, lequel, apprend-on (par le jardinier : dans le château l'information circule par les communs) est le vrai père de la gamine, entre-temps devenue pubère et fécondable oh là là ça devient bien compliqué je crois que j'ai largué Delly dans le feu de l'action et la mère qu'est-ce qu'elle va faire je l'ai salement coincée, les mères ça se coince facilement, va-t-elle, pour sauver les pécheurs de la mort (indue) qu'ils sont sur le point de se donner chacun de son côté à l'insu l'un de l'autre par grandeur d'âme, va-t-elle leur révéler leurs non liens du sang, sacrifiant son honneur conjugal mais du coup les précipitant dans un péché, moindre sans doute mais quand même, et moi alors je me retrouve dans un de ces nœuds de vache multiple et comment je sors de là? Faut dire, cette enfant aimée dans une famille unie respectée qui est un tas de boue, tous les cafards qui sortent de partout dès qu'on allume, et chaque mot qui devrait avoir au moins trois sens par en dessous pour dire son contraire ce serait un captivant devoir de français mais il y faudrait du génie, en plus de mes devoirs scolaires, domestiques, religieux, sans parler des filiaux, ah je ne vais pas manquer de pain sur la planche.

En vue de ces beaux projets il faudra que je colle un feutre en bas de ma porte pour pas que la traître lumière passe. On n'est jamais tranquille en famille.

Sauf justement quand on voudrait ne pas l'être.

Mes jours de vacances. Lorsqu'elle est garée au diable vert à bosser pour qu'il entre au moins un salaire fixe dans cette baraque, lui il se donne congé. Il se consacre à moi.

– Et fais attention, là-bas chez ta pipelette à ne pas avoir la langue trop longue. Elle pourrait ne pas tenir la sienne et c'est sur toi que ça retomberait tu peux être sûre...

Ah voilà donc ce qu'il a lui, avec Babet.

Il se bile pour rien malheureusement. Je ne serais pas capable de lui dire ce qui m'arrive, à Babet. A personne. Mais qu'il se bile. C'est toujours ça.

– ... parce que, si ta mère le sait, elle se jettera par la fenêtre.

Mat pour moi. Au tapis.

Un soir de solitude (heureuse : quand ils sortaient le soir sans moi, c'était le bonheur) j'exécutai avec soin une belle affiche. Ma première.

VOUS QUI ENTREZ
PERDEZ TOUTE ESPÉRANCE

Je l'apposai sur la porte de la chambre conjugale (et demie), et me mis devant, en contemplation.

Lorsque j'entendis leur pas dans l'escalier, je l'ôtai : l'épouse aurait pu comprendre de travers.

Il resta les quatre trous de punaises, que j'étais seule à voir. Mes traces.

DANS LE MÊME BATEAU

NOTRE relation privilégiée avait pris sa vitesse de croisière. Grosse houle, vents variables, mal de mer.

Il se disait heureux-et-moi-avec, quoi que j'en eusse et fisse et disse.

Il était le pacha du harem avec ses deux femmes.

Bon, une et demie. Moi ce n'était qu'un jeu. J'étais encore une enfant.

Les enfants c'est sacré.

– Il n'y a que les brutes et les idiots qui consomment entièrement.

Ouais, et les malins ne laissent pas de traces.

– Hélas il en existe de ces salauds. Aussi, ne va pas suivre le premier venu, en espérant qu'il sera comme moi.

Vertige.

– Tu lui casserais la gueule ?

– Je le tuerais.

Il ne voit jamais quand je blague.

Lorsque, au bout du rouleau, je me présentais à l'appel la corde au cou, je le trouvais souriant et sans mémoire des privations que je lui infligeais.

Il me pardonnait sans relâche. Nous faisait obstinément confiance, à la Nature et à moi.

– Quand une femme dit « non », c'est « oui », toujours. La plus farouche tout ce qu'elle veut c'est le cas de force majeure, afin de jouir sans pécher. Attachée c'est le plus confortable : là elle atteint la pleine liberté. Mais toi tu n'as pas besoin de ça, tu sais où est la bonne soupe.

De son autre côté, il avait la vulgarité alimentaire.

Sous les fureurs guerrières je fus lente à apercevoir le supplément de soupe qu'il gagnait au jeu de mon mauvais vouloir. Et quand je l'aperçus je ne fus pas avancée : hélas ma tête de cochon perverse me poussait encore et encore à lui faire voir pour ma disgrâce que je n'étais pas une fois pour toutes, et qu'il ne me devait qu'aux armes, toujours et toujours et toujours.

IV

BON APPÉTIT

Je vomissais. Je fus menée au docteur. Il prescrivit des remèdes. Je lus les notices. Mon cas n'y était pas mentionné. Je recrachai les machins dans les chiottes à la cadence voulue : en famille, soigner la vraisemblance jusqu'au dernier détail. On est surveillé.

Des médicaments contre mon père. Marrant.

Si je dégueulais, alors que je dégueule.

Pour éviter ça, j'arrêtai de bouffer. Facile : rien que voir en face de moi s'ouvrir sa bouche énorme (de mon autre côté j'avais une loupe), et s'y enfourner des pelletées, et j'avais dîné.

Je voyais avec chagrin s'évanouir ma chère gourmandise, si bien formée par Babet. Babet ! Le souvenir de ses gigots civets gâteaux de pommes faisait entre les repas béer mon estomac vide. Qui se refermait clic devant la table familiale.

Mais Babet n'était plus là, n'était plus – aurais-je couru vers elle, me serais-je jetée contre sa vastitude, aurais-je pleuré un grand coup, moi sans larmes ? Aurait-elle, elle qui connaissait tous les malheurs du monde, sans que je parle tout entendu ? Oui elle était de cette sorte de gens. Sans elle j'étais seule perdue. Et je ne pouvais même pas la prier puisqu'elle ne croyait pas au Ciel.

Je survivais secrètement sur le piratage en chemin de steak haché prescrit, avant que ma mère en eût fait du papier mâché. Ce n'était pas lourd. Dans le miroir je voyais sous ma peau transparaître mon squelette. J'en éprouvais une jubilation vicieuse.

Docteur. D'après mon livre de racines, le nom interminable qu'il donna à mon mal se traduisait : « pas faim ». C'est vraiment des malins. Prescription. Lecture des notices. On luttait contre l'anémie. Quoi, il me bouffait le sang ce vampire ! mais il allait me tuer ! Je voyais mes globules rouges briller dans la nuit comme des rubis, dans un dernier adieu. Et comment sauver ces précieux joyaux, quand le seul mot « table » me levait le cœur ?

Très bien. J'allais mourir. Ça leur ferait les pieds. Ma mère pleurerait. Je lui laisserais un mot pourquoi. Elle se jetterait par la fenêtre.

Non. Ça n'allait pas. Je ne voulais pas sa mort, même posthume.

Mais mourir sans un mot non plus. Je ne suis pas le loup du poète, moi. Je veux hurler avant.

Plutôt hurler sans mourir. Je me fis des cauchemards sonorisés. Pris le lit, n'en sortant, titubante, que pour mes urgences. Ma mère était aux quatre cents coups, je la surpris un soir au fond de mon coma, versant des larmes sur la vaste poitrine de l'époux, ses cheveux répandus. Très belle. Elle m'aimait. Ainsi jouis-je du bonheur d'être trop tôt pleurée. « Qu'est-ce qui te ferait plaisir ma chérie ? » – question encore jamais posée. Des langoustes, des huîtres du saumon fumé entrèrent dans la maison et arrivèrent jusqu'à ma couche sur des plateaux. Elle acheta un livre de recettes et servit une mousse au chocolat réussie, qui passa.

Loin de lui tout passait.

Ce n'était peut-être qu'une crise de croissance, statua le médecin. Tu parles, je n'avais pas seulement allongé j'avais pris du lard. La vie m'avait vaincue.

La sacrée table était, pour mes relevailles, en habits de fête, une grande langouste (encore!) y trônait, environnée d'oursins. Ma foutue chaise m'attendait, face à lui, ça allait être affreux avec toutes ces fouilles et aspirations de pattes, je rechuterais sûrement. Mais au diable, c'est la lutte pour la vie, je m'avançai, et hardiment m'assis sur le siège habituel de ma mère : de côté. Elle amorça un geste de rappel. Je passai outre.

A elle la première loge.

Elle n'avait pas de loupe, mais une excellente vue. Et peut-être l'attention éveillée par mon inconvenante conduite. Je vis qu'elle voyait. Il se vit observé. Ne changea rien à ses manières puisque c'était les siennes. Mais la riante perspective que nous serions peut-être deux à dégueuler dans cette maison me rouvrit l'appétit, il n'en faut guère.

Juste un peu de clarté.

Un jour après beaucoup de langoustes je recouvrai mes forces.

Et mes devoirs filiaux.

– Et ça t'a avancé à quoi tes manigances ?

Mon Dieu. A faire changer les menus.

GUÉRILLA MAISON

Ah les tristes jours sans école
qu'il faut rester à la maison,
pourquoi n'y a-t-il plus de colles,
pour les enfants pas de prison?

Maudits saints du calendrier
et les fêtes en avalanche,
maudits jeudis et jours fériés
maudits Pâques et la Trinité
qui nous condamnent aux vacances.

A bas à bas la liberté!

Ma mère qui jetait de temps à autre sa sonde dans mes affaires pour veiller à l'état de mon âme trouva ce petit morceau, que j'avais pris soin de ne pas cacher, et le rendit public, tenu entre deux doigts dégoûtés.

Lui matois s'en prit à la forme et en fit la critique, fustigeant avec une autorité d'expert qu'il n'était pas la pauvreté des rimes la bancalité des strophes la boiterie des vers, sans parler des fautes de syntaxe, ah tu n'es guère douée ma petite si tu te prends pour Rimbaud c'est loupé, et dans sa grande pogne écrabouillant le poulet non sans quelque rage de trop (maudits jeudis) le foutait dans la poubelle mais j'avais fait une copie. Ma mère lui dit que ça ne valait pas la peine d'user de sa salive. Cependant que dans son regard d'acier je surpris une onde de chagrin : avais-je donc si peu de goût pour leur compagnie ?

Leur. Elle se mettait dans la même patate que lui elle ne faisait pas la différence, merde l'amour.

Mes fusées de détresse étaient des pétards mouillés.

Ma foi, je me trouvais en effet mieux ailleurs.

A l'école, par exemple. Il est admis qu'on s'y embête. Moi pas. En tout cas là, on est sûr d'avoir la paix.

Dommage seulement que je ne pouvais pas raconter mes histoires de famille, elles ne manquaient pas de sel. Mais j'aurais dû censurer le sel. Le sel ne sortait pas. Je serais devenue tragique : l'horreur. Faire pitié, pouah. Je veux être drôle. C'est ma réputation, et ma vocation numéro 1 : je veux être clowne plus tard. On me disait toujours (les adultes) : « Finis de faire le clown ! » Plus guère à présent : allez donc faire la clowne avec un camion d'ordures sur le dos.

Et elles sont toutes si innocentes ! elles ont des vies si bien rangées ! Comment leur balancer un pareil paquet ? Même Douchka la dessalée, je suis sûre que je la bats de cent longueurs avec ma vie privée.

Combien de fois, dans le dernier raccompagnement à l'heure de la mélancolie crépusculaire quand l'amitié déborde j'ai ouvert ma bouche pour, pour dire, et, et, moi mon, mon, il, il me... Bon, je la referme.

J'ai un bœuf sur la langue.

Ça me casse mes amours enfantines. Je ne peux

pas aller jusqu'au bout. Pas jusqu'au bout c'est nulle part. Pour cela ah, que je le déteste. Il ne m'a peut-être pas mise au monde mais à coup sûr il m'a mise en dehors.

Le plus loin que j'ai pu aller c'est, à Odette, qui tremblait de rentrer prendre du sien sa volée d'accueil, dire : « Moi le mien, je le déteste. » Elle m'a regardée comme si j'étais un monstre : comment peut-on détester son père?

Moi de même, au fait :

Comment peut-on aimer son père?

Ce fut notre fin. Odette et moi.

A mes manigances le stratège répondait en me faisant couper par son sous-off, au nom de ma sécurité, la danse la piscine la rue la marelle, et tiens, le judo. Tous ces dangereux plaisirs je fus réduite à pratiquer à blanc le soir dans mon lit, où – à la différence de nombre de ses compères comme je sus plus tard – il ne venait pas se glisser. Car sa femme avait des insomnies.

Je répliquai en découvrant le scoutisme. Branche catho. Là il ne put m'avoir : ma mère était extrêmement pour (mon âme), et resta sourde à ses propos alarmistes.

D'un coup j'avais gagné plein de vacances : ah que j'aimai le camp! Les chants du soir, les oiseaux du matin! Je fus d'emblée une formidable louvetelle, je savais faire tous les nœuds j'étais couverte de badges, et je devins amoureuse de ma chèfe de patrouille.

Ayant touché en prime un superbe aumônier, je fis une conversion spectaculaire à la triste religion grand'maternelle. Nappée d'un vernis de vocation au cloître : là-dedans vraiment, on doit être tranquille.

J'essayai la messe du jeudi. Mais elle finissait désespérément tôt. Il se renseigna : mon retour à temps fut exigé. En plus la sainteté lui chauffait le sang, il me voulut armée du chapelet et disant le Notre Père. Tout haut. Notre Père! Qui êtes aux cieux! Que votre volonté soit faite! Merde. Sur la Terre comme au ciel, merde!

O Dieu, qui vois comme honteusement je T'abuse, observe en même temps s'il Te plaît comme avec Ton concours je lutte pour mon salut.

Puisque je me trouvais sur les lieux de culte, je songeai à tâter de la confession. Peut-être que ça soulage. Ces gens sont là exprès, ils sont dans le noir, et supposés ne pas cafter. Dans le fond c'est bien conçu. Donc j'entre dans la boîte et si vous n'êtes pas au courant le premier mot à dire c'est : « Mon Père » – merde. Le deuxième : « Pardonnez-moi » – et de quoi s'il vous plaît! Le suivant : « J'ai péché » – ça va pas non? Et enfin : « C'est ma fautes » – c'est le bouquet! Alors j'ai glissé discrètement de là et le mec a pas entendu un son.

Le truc était pas pour moi. C'est pas me confesser que je voulais c'est porter plainte. Mais ils ne sont pas outillés. Dieu aurait quand même dû prévoir ça.

Quant à lui, mon père (personnel) :

– Le secret de la confession, il ne faut pas trop s'y fier. Les curés c'est sournois. Je te dis ça en cas.

Pour porter plainte, c'est la police : eh, vous me voyez là-dedans, au milieu de tous ces malabars en costume? Probablement pères de famille? J'entre, et je dis : Je dis quoi? Comment on dit ça en officiel? Toujours ce problème de vocabulaire. D'ailleurs il m'avait prévenue, « en cas » : ils ne te croiront pas ils voudront des preuves. Que tu n'as pas. Ils se foutront de ta gueule et encore de la veine s'ils ne te sautent pas dessus. C'est ce qu'il m'avait dit hein, je ne fais que répéter comme un perroquet. C'était un homme de vastes précautions.

– Au mieux si tu tombes sur un brave type il te ramène ici et moi je te flanque dans une institution jusqu'à ta majorité et tu seras bien avancée.

3 652 jours, avec les bissextiles. Je faisais le compte.

RÊVES OPTIMISTES

De médecine contre mon père il n'y avait qu'une. Je ne pensais à lui que comme cible. Le moyen était mon seul problème.

Une piqûre avec de l'air dans la seringue (j'avais entendu ça) – mais il faut être en situation.

La sarbacane avec fléchettes au curare (les Indiens) – mais où est le curare ?

La mort-aux-rats – c'est très long, et ils se font tous prendre dans les livres et les films.

Remplacer l'aspirine par du somnifère de ma mère – il ne prend jamais d'aspirine.

Etouffage sous oreiller – pas encore assez de muscles.

Pousser sous le métro. Ou d'une falaise – idem.

Le chandelier de bronze (ou vase chinois) – faudrait que je monte sur une chaise et ça gâterait l'effet de surprise.

Brûler des cierges faut pas y compter – comment Dieu (le Père !) serait-il de mon bord ?

On n'est pas très armé.

Action kamikaze ? – il avait un revolver caché (il aimait les armes). Il le produisait dans les scènes de ménage pour menacer de « se supprimer », citation. Tandis que derrière la porte je priais ardemment :

« Fais-le! fais-le! Va-t-il le faire enfin! » Mais non. Jamais. Et le lendemain au petit déjeuner, entre les mêmes deux qui hier s'envoyaient de l'irréparable, des bisous, ah les grandes personnes!

Ouais. Le kamikaze c'est le seul truc vraiment sûr. Suffisait de mettre la main sur le revolver, après je ne le louperai pas. Je profiterai qu'il est tout près. Mais il y a un os : on veut vivre nom de dieu! et pas en tôle où ça ne sert à rien. C'est même toute la question. Bien plus j'estimais que, dans la circonstance, c'était un devoir.

La survie passe avant les sentiments.

Ce que je voulais en réalité c'est même pas sa mort. C'est qu'il débarrasse mon plancher. Il l'encombrait. Son simple escamotage m'irait tout pareil, abracadabra.

Ça a marché, mais pas vite.

Si avec ça et tous mes exercices spirituels de crime parfait je ne suis pas devenue une tueuse, j'ai du mérite.

J'ai un profond respect de la vie, animale, végétale, et minérale. Mais humaine, ça dépend laquelle : il y en a, je crains que tout ce qui m'a retenue c'est la peur d'y laisser ma précieuse liberté.

Je ne serai même pas gangstère professionnelle. Juste un peu, en passant, par nécessité, d'ailleurs une fois là on est coincé comme derrière des barreaux. Moi je veux pouvoir me tirer. Comme dit ma mère, Tu commences tout tu ne finis rien tu n'arriveras jamais nulle part, mais bon, je ne suis pas là pour raconter ma vie, je travaille sur un champ opératoire limité, et je vais m'y tenir. J'ai déjà assez de mal avec.

COCHON CHERCHANT À RETROUVER SES PETITS

ÇA me prit un temps considérable, dû à mon honnêteté foncière à présent disparue, de former l'idée qu'au lieu d'être punie quand je n'étais pas gentille, je pouvais être récompensée quand je l'étais.

Là je sens que vous allez me jeter la pierre : ça ce n'est pas bien alors ça c'est vilain. Jusqu'ici j'avais été un brave petit soldat, qui ne se rendait que contrainte et forcée dans un combat inégal. Et voilà que je baisse culotte à la première sommation. Et par intérêt! Alors là, je déçois. A cela, chères dames, je ferai la réponse évangélique : j'aurais voulu vous y voir tiens. Aux messieurs je dirai seulement de balayer derrière leur porte.

Que voulez-vous, le double nœud quotidien ça rend tôt ou tard barjo. Il me restait 3 287 jours à tirer jusqu'à mes vingt et un je les passerais pas. Je tiens à mon cerveau, c'est ma seule arme. De toute façon n'importe quel cerveau est trop précieux pour qu'on laisse les adultes s'amuser avec.

Et à part ça je suis prête à admettre que mes normes morales, si bellement mises en place par ma mère, commençaient à donner du mou. Elles devenaient sinueuses comme les voies de la Providence.

Ainsi, pas en argent, récompensée, ça jamais, moi! vous n'y pensez pas.

Je le mentionne parce que, cela se fait. Aux USA, où l'argent de poche aux enfants est une institution sacrée, c'est pratique courante dans les familles. J'ai lu ça récemment dans un ouvrage sérieux.

Récompensée, donc, en nature, et même, non matérielle – voyez où vont s'accrocher les lambeaux qui me pendent encore de moralité. Comme je rame dans ma poubelle. Récompensée avec des remises de peine. Avec des indulgences comme chez le Pape. Avec des sourires de ma mère, miraculeusement pacifiée.

Récompensée de céder à mon père par le sourire de ma mère. La vertu souriant au vice. Vertige.

Je dois dire, ce bizenesse de sourires maternels c'est une de ses réalisations les plus grandioses. A lui, mon père. Qui sans doute n'en a pas mesuré la dimension : c'est moi qui étais placée pour. On voit mieux d'en bas.

Elle ma mère si elle avait su, c'est pas de notre deuxième étage qu'elle se serait jetée c'est du troisième de la Tour Eiffel.

Dans le nouveau double nœud, j'y passais plus tôt, au lieu de plus tard. Quantitativement, j'y perdais en vertu. Pour ce qui en restait. Mais comme pour autant je n'y coupais pas, la guerre étant toujours aux portes, ça ne faisait pas une grande différence en qualité.

Eh si, ça en faisait une ! Celle-ci m'apparut petit à petit, je n'étais pas vive (il est vrai mon expérience était neuve en ces jeux-là, dont je vis ensuite l'existence adulte tissée). Je perçus à l'usage ce qui était changé : j'avais droit à la manipulation moi aussi maintenant. Mon plateau de balance était un rien moins bas. Je n'étais plus la pure victime, j'étais aussi la salope. Je pouvais me faire attendre. En douceur et impunément. Je n'avais qu'à répondre « oui » dès convocation (guerre écartée), et j'ajoutais suavement : « je finis mon algèbre ». Et c'est moi, moi, qui mesurais le temps ! Et c'est lui qui tirait la langue là-bas tout seul dans sa chambre, ha ha.

Algèbre ou non, – car je mentais bien sûr, comme je voulais, avec impudence, à la perfection. Yeux ouverts illisibles aussi candides qu'à cinq ans. J'avais appris ça toute seule, et pour la vie.

Où était-il le temps où face à ma mère je tournais pourpre au moindre accroc fait à la vérité, et rétablissais en hâte cette dernière dans ses droits sacrés sous un seul de ses regards de soupçon car elle lisait en moi. Mais plus à présent. Personne ne lit en moi à présent. J'ai fermé boutique. Rideau.

Fermé pour légitime défense.

LE GAI SAVOIR

AH, savoir quand on est honnête, et quand on ne l'est pas ! Quand on peut l'être, et quand il ne le faut pas. Ah décider sereinement entre la belle morale et la belle immoralité ! Ah, s'entendre mentir comme on chante un aria, ah savoir ce qu'on fait. Où on est. Face à qui. Mentir au menteur. Trahir le traître. Renier sa parole en même temps qu'on la donne – ou aussi bien la tenir mordicus comme un preux, ça m'arrive. Ah, avoir le choix !

Cet enseignement j'ai reçu de lui, mon père, qui croyait à tout autre chose m'initier. Et ne s'en est pas rendu compte n'est-ce pas hilarant, il m'a toujours crue. Comme tout le monde. Sa femme m'avait si bien élevée ! J'avais un regard si limpide !

A l'abri duquel en secret, grandissait un voyou qui me faisait survivre.

Merci papa ?

LES BIENFAITS DU MALHEUR?

RÉPONSE indécidable, en bonne rigueur scientifique : j'ai pas de groupe témoin. En fait s'agissant des affaires bipèdes on n'en a jamais. C'est l'incertitude. Donc, on ne peut rien décider du tout.

Ça me rappelle l'analyste Sam Ritvo, citant les paroles d'un de ses patients :

« Auschwitz a fait de moi un homme. »

Cela venant conforter la notion, fort en honneur, de « réalité psychique » (ou irréalité de la réalité) : les désastres, ce n'est rien, tout est dans comment on prend ça.

Compte même non tenu du contenu forcément confusionnel du terme « homme », aucune conclusion fiable ne peut être tirée de là. Faute de groupe témoin, soit : le même individu (donc cloné pour le moins) non passé dans le même lieu. Cela frappant d'aléatoire tout ce qui se dénomme « sciences humaines ».

Qui sait si l'individu témoin, cloné, ne serait pas devenu plus un homme (?) sans le désastre – voire au point de n'avoir pas besoin d'analyste?

Avant de partir pour son expédition à hauts risques il m'a fait jurer que je n'abandonnerais jamais ma mère. L'idiot. Il y avait beau temps que tout ce que je jurais à lui valait moins qu'un clou et il l'a ignoré jusqu'au bout, à peine avait-il tourné les talons que je filais aux allumettes et mettais un océan entre elle et moi.

Lui l'imbécile mentait comme on respire ainsi qu'on dit. Au débotté. Sans s'en apercevoir. En se coupant vingt fois. Pour se tirer d'un guêpier où il s'est fourré et s'aller mettre dans un autre d'où et cetera sans fin. Et finalement mourir à trente-cinq ans sans me sortir une foutue larme –

algèbre ou quoi que ce soit, bouquinage, journal intime mensonger, Delly faussaire, rêveries criminelles, je tirais de son languissement une satisfaction, très immorale n'est-ce pas? ou très morale? Une satisfaction sadique très morale?

Allez y retrouver vos petits.

J'ai eu un temps des fantasmes revanchards élémentaires, où je les dépouillais de leurs armes, et les jetais.

Oh pas seulement des fantasmes allons, pourquoi ne pas être honnête quand ça ne coûte rien.

Bien sûr tout ça n'était que reculer pour mieux sauter. Sa patience avait des limites, je devais garder la juste mesure. Mon plateau restait très bas. Je ne gagnais qu'une toute petite marge de manœuvre. Mais la moindre marge, c'est bon. C'est repos.

Cependant sur ce chemin tortueux, de saut en saut, j'accédais à une Science de la Nature Humaine, qui aurait fait rougir ma mère.

LA BONNE ÉCOLE

A MON repas de communion, jour de gloire de ma grand'mère –
qu'on ne voyait plus autrement depuis le retour du gendre prodigue : il est vrai, elle avait payé avec orgueil la sacrée robe liliale, dedans laquelle se prélassait mon péché mortel, inconfessé; et de celui-ci frétée j'avais pris le matin ma réservation pour l'Enfer; puis, le Ciel ne m'étant pas tombé sur la tête, mon brevet d'athlétisme définitif; la robe je me débrouillai à en gâter la candeur au dessert à l'aide d'un inaltérable coulis de cassis, ça faisait plus vrai. J'aime, au cœur de l'hypocrisie, mettre une touche de vérité. Aussi suis-je toujours pleine de taches, et ma mère dit que je suis sale; mais c'est le contraire –

à ce saint repas donc, où se trouvaient par exception confrontées les deux branches incompatibles de ma parentèle : ascendante côté maternel, et collatérale de l'autre, il me fut traditionnellement demandé ce que je serais plus tard et là, était-ce le diable ou dieu, ou le vin pur qu'on m'avait permis? je fus assaillie comme de colique par une des plus vives tentations jamais de ma vie subies, et à laquelle jusqu'à aujourd'hui je regrette de n'avoir pas succombé. La réponse me monta allégrement aux lèvres :

« Putain ».

Quelle réplique nom de dieu!

Il n'en parut qu'un sourire. Qui devait être assez fièrement canaille car mon Maître en la matière se figea une seconde fois dans une expression d'effroi.

C'était la première apparition à mon esprit de ma vocation numéro 3.

Lorqu'on vint à se causer en privé, Paul me demanda : « Qu'est-ce que tu étais sur le point de révéler, ce jour-là, à ta communion? Que tu serais plus tard? Je me suis toujours posé la question. Tu avais un tel air de ravissement... »

La véridique réponse, que je lui donnai, le mit en joie. Quel dommage! dit-il. Il n'y vit qu'une exquise plaisanterie.

Quand je battis le pavé en quête d'allumettes et autres moyens de subsistance, j'y rencontrai Lucette.

Nous avions échangé quelques traits dans les toilettes d'un bistrot, à propos de l'état des lieux, qui nous avait l'une après l'autre empêchées d'y poser le pied.

– Dis donc tes chiottes hein! dit-elle, remontée au comptoir.

– Mêêê chiottes! C'est des chiottes honnêêêtes, elles disent ce qu'elles sont.

– Elles la crient la vérité, dit ma copine. Un jus, Momo.

– Pourquoi tu vas pas au Meûheûrice si tu veux pas voir dans quoi tu mets les pieds?

– Attends un peu que j'y sois. Momo hocha sa grosse tête pleine de doutes, voilà un vrai philosophe me dis-je, en experte : étant inscrite à la fac sous cette rubrique j'entendais de temps à autre un cours. Décevant. C'est Momo qui aurait dû être là-bas. Après un petit dialogue d'identification Lucette, voyant que je ne commandais pas, me proposa un café. Ça tombait à point. J'y mis quatre sucres. J'étais en manque de calories.

– Tu cherches un boulot?

Elle était vive. Je dis que, euh, en quelque sorte mais pas n'importe quel, le bureau je sors d'en prendre merci jamais plus et je partis à lui conter mon fier départ quand le sous-chef qui nous asphyxiait avec son cigare puant m'avait interdit mes américaines odorantes à moi, simple employée aux additions, voilà où m'avait hissée ma force en maths – ça pour raconter je raconte. Lucette intervint : Quel âge tu as?

Je dis : vingt. Passés. C'était une invraisemblance mais bon, je dis vingt passés. Impulsion.

– C'est pas tout ça, il faut pisser, conclut Lucette. Juste : elle avait autre chose à faire que ma conversation, elle ne pouvait dissiper trop de son temps de travail. Elle paya pour mon café. Moi j'étais libre et la liberté ne nourrit pas.

Elle était jolie, jeune (vingt passés), drôle. Je révisai vite fait mon préjugé que les putains sont vieilles tristes et déjetées. Sur les quelques mètres jusqu'au suivant bistrot des types traînants nous envisagèrent, toutes les deux, avec bien de l'intérêt. Lucette ne s'en soucia point.

Elle se dirigea, moi au train, vers une tablée où quatre mecs typiques étaient engagés dans une partie de poker. L'un d'eux leva sur elle un œil froncé, puis me parcourut moi et encore elle, sourcils levés. Du menton désigna des chaises autour. Montra deux de ses doigts à ses partenaires, on s'assit, ouille pensai-je. Je vais pisser annonça Lucette et prit une porte de côté. La partie, accompagnée des monosyllabes ad hoc, et sans qu'on parût me prêter attention, s'acheva par des jets rageurs de brèmes, la victoire du mec apparemment de Lucette par brelan de rois et la spirituelle adresse à lui lancée juste quand elle faisait sa rentrée : « Tu as une veine de ha ha ha! » Très amusant. Entre-temps j'avais écopé divers coups d'œil rapides mais clairs comme l'eau du robinet d'après ma déjà riche expérience : j'étais de la chair fraîche. Trop plutôt, salement mineure mais ils ont certainement des trucs contre ça dans la profession. Dans l'espèce de façon de rictus biaisé qui monta vers Lucette comme un encens je lus que sa prise était reconnue négociable, son manque à gagner subséquent amnistié. Une autre donne était en train. Mec-de-Lucette regarda sa montre, émit ses premiers mots : « Un tour de pot? », misa, fut suivi. Ramassa ses cartes, en fit glisser les coins, dit sans lever les yeux : « T'es en cavale? » (Ce devait être à moi). Je hochai la tête non.

Ça faisait quelques mois déjà que je traînais. Je n'étais sûrement pas recherchée, aller trouver les flics n'était pas le style de ma mère. Je la connaissais. Elle boudait. Elle s'était figée dans sa dignité. C'était à moi de bouger. Elle n'était pas la femme du premier pas.

Plus tard –

tandis que je serais hantée par elle, tirée par les pieds toutes les nuits par son fantôme que je portais partout avec moi; accablée sous le poids de mon intransigeance, malade de la peine que je lui causais, jour après jour malade mais non pas coupable : accomplissant dans la douleur ma transgression nécessaire, écoutant la voix en moi qui criait Non! non! et tenant pour acquis que si « on » est quelqu'un « on » quitte les siens et « on » s'en va seul dans le vaste monde (l'idéologie, avec moi!), et même Jésus l'a dit (la mystique, aussi!) et rudement choquée à chaque fois qu'un de mes libres copains s'en allait déjeuner le dimanche en famille – jusqu'à ce que je m'avise que j'étais nom de dieu bien la seule à ne pas le faire, ne jamais le faire – malade de pitié mais pour rien au monde, non! je ne reviendrais car : ma vie! ma vie! et que monstre je sois mais quoi que valût cette vie c'était une vie et je n'acceptais plus que parce que j'aimais, l'on me tue –

plus tard, dans le temps des grandes infamies, elle s'inquiéterait mortellement.

Encore plus tard, elle désespérerait. Tandis que, avec quatre mille miles entre nous et portant un autre nom, je finirais de ronger mon cordon ombilical jusqu'à la dernière fibre, et à ma délivrance.

C'est le seul moyen.

Je dis à ma rabatteuse (mais sympa, toujours aussi sympa) : « à moi. Où c'est ? » – « à droite à l'étage ». Je me levai. Lui dédiai un sourire où j'espérais tout mettre. Je passai la porte de côté. Je ne montai pas à l'étage, je pris le couloir vers la rue. Suivis le trottoir direction opposée au bistrot, virai sur l'aile dans la première à gauche et le pas de course, jusqu'à la place du Châtelet, passai les deux ponts et le palais de justice entre, repris pied dans « mon » quartier. Cessai de courir.

TOUT EST TAPIN

« *Indestructible car détruit* »
Iris Murdoch

JE suis entrée dans la bibliothèque de ma Sorbonne qui se trouvait là et je me suis assise. Pas besoin d'aller chercher des bouquins j'en avais un sur moi, qui restait à décoder. Titre : « Pourquoi ? » – pourquoi moi, l'amorale par excellence, la sans entraves, j'avais craché sur une offre d'emploi qui répondait si bien à ma vocation (n° 3) quasi officiellement déclarée dès ma première (et dernière) communion ? Il fallait que je réfléchisse après, n'ayant pas avant. Car ça me faisait problème : qui suis-je ?

Ma conduite au feu n'avait pas été brillante. Mise au défi de pratiquer, enfin librement, l'au-delà du Bien et du Mal où je me prétendais située, j'avais détalé comme un lapin. Par-dessus le marché, une fois avéré que je n'étais pas au-delà, je n'étais pas fichue de trancher si porter ma déroute dans ma colonne du Bien, ou dans celle du Mal.

Je penchais vers ce dernier : enfin quoi, pour bouffer en ce très-bas monde il faut de toute façon putasser. Tout est tapin, formulai-je le postulat avec autosatisfaction d'avoir fait plus court que Marx sur le sujet.

Si tout est tapin, y a pas de morale du travail, le seul critère de valeur est le temps (donnée mesurable). Soit (principe) : la vertu maxima, c'est les horaires minima. Cela étant plutôt en faveur du trottoir présumais-je, que du bureau, voilà, j'aurais dû, j'avais mis le doigt sur mon péché, me renseigner sur les horaires au lieu de quitter si hâtivement l'office de placement. Cela, quel que soit l'organe pourvoyeur car enfin, où est entre eux la différence ?

Il n'y en a pas.

C'est là une chose que je savais d'expérience : bon dieu il y avait longtemps que mon vase sacré (anatomiquement l'image est un peu à côté mais le résultat est le même) était banalisé, à force d'utilisation objectale et sans permis. Pour user d'un langage précis et scientifique.

Le processus de désacralisation, à raison de six longues années de cours particuliers hebdomadaires plus devoirs de vacances, j'avais eu tout loisir d'étudier à domicile.

ETUDE SUR TERRAIN

QU'EST-CE qu'on peut faire?

Une fois là, convoquée à titre de prise de guerre, arrivée là sur mes deux pieds et non enchaînée entre deux gendarmes de sorte que l'image n'indique pas qu'on n'y est pas venu de plein gré, au reste je suis avertie : « Je dirai que c'est toi qui l'as cherché et c'est moi qu'on croira, pas toi. On ne croit pas les enfants » – chose que je vis par la suite confirmée par toute la littérature chiens-de-garde sur la question –

une fois là, derrière cette porte fermée que personne n'ouvrira; toutes sûretés prises, cahier ouvert en cas; et la force d'intervention prête,

qu'est-ce qui reste à défendre?

L'honneur? Aux yeux de qui?

Oh j'essayai pourtant. Et chaque fois le perdis. Et quel besoin bizarre, être reconnu par l'ennemi.

Dieu ne sait pas car je ne le lui ai pas dit ce que j'ai pu poser comme systèmes de contre-feu, tous vains contre ses soins.

Lors, la petite chèvre de M. Seguin se couche sur la prairie dans sa belle fourrure blanche qui ne l'est plus, ayant fait ce qu'elle pouvait.

Je m'inventai absente. Coupée en deux, un morceau qui était moi et l'autre non. Je me fis morte. Je l'inventai, lui, autre, inconnu. Esclave. Objet.

Il ne savait pas qu'il n'était plus lui. N'était personne. J'étais seule au courant. Et quelle différence cela faisait-il? il n'y avait que moi pour la voir. Encore fallait-il ne pas la perdre de vue.

Je trouvais ça une façon d'exercice spirituel, que les dieux me pardonnent je ne savais pas ce que je faisais. Je veux dire, à moi-même.

Drôle de petit trafic.

L'esprit ma foi souffle où il peut.

Le mien n'avait pas beaucoup de place.

Lors, la paix pour un temps reconduite; libérée, froide, lavée, je retournais à mon algèbre, à mes rêveries de meurtre. Ingrate.

FANTASME D'ÉPOQUE

INSTRUITE par l'expérience, je produisis à mon seul profit le fantasme « Je vais au marché et j'achète un esclave ». Ça se passe en Grèce Antique, avec décors brossés avec soin (les fantasmes doivent être brossés avec soin). Soleil, mer, beauté, pourquoi lésiner. Les esclaves à vendre sont exposés sur la place, en tuniques courtes et vives couleurs. Je fais sans hâte mon choix, j'embarque mon acquisition. Je ne suis pas vache avec mon esclave, y a pas de raison : il fait ce que je veux quand je veux et autrement disparaît de l'image. C'est pas compliqué. Je suis très simple au fond. S'il n'y a personne pour m'embrouiller la vie.

Curieusement, le même truc dans la réalité ne m'amusa pas du tout. Je m'embêtais. Peut-être la Grèce Antique est obligée. C'est un fantasme d'époque. Dans une où c'est les esclaves qui payent, ça n'a pas de sens. Si en plus ils exigent d'être maltraités, ils deviennent franchement pesants. Et en fin de compte ils ne sont même pas bons domestiques.

Je ne joue à ça qu'à des fins spécifiques.

DE PÈRE INCONNU

INCONNU, au fait, il me l'avait toujours été.

Je ne voyais que son comportement : visées, préparatifs, manœuvres d'approche et d'encerclement, menées souterraines, pose de pièges, toute la mécanique comment ça marchait. Tout ça j'observais superbement, et voyais venir de loin – ce qui m'a peut-être poussé des antennes pour l'avenir mais n'avançait pas mon présent car il n'y avait rien qui le pût, vu qu'il détenait la force et le droit et sans doute aussi ce foutu dieu que nous avons.

Je voyais son comportement, mais lui le type je ne le connaissais pas je ne savais pas ce que c'était. Ce qu'il avait dans le crâne, des pensées, des mobiles, est-ce que je sais. Sa personne. Son être! ah ah, si on peut user d'un tel mot.

Il était un état de fait.

Qui c'est, je ne me l'étais jamais demandé.

Ça ne m'intéressait pas.

Ce que je me demandais ô combien pour ma mère aux yeux bandés, pour Douchka la mystérieuse, pour ma chèfe de patrouille, pour le chat, pour l'araignée et pour sa mouche, pour les hirondelles voyageuses, pour les fennecs du zoo qui ne courent plus dans le désert, pour les coccinelles cabossées qui ne peuvent plus voler et n'importe quoi vivant sur la Terre,

pour lui, non.

CHATON EN TENUE DE COMBAT FACE À GRAND MATOU

NON. Je me mis à rire toute seule : je venais d'avoir une de mes révélations de bibliothèque. C'est toujours là que ça me vient. Je suis un rat.

La vision était le palais dit de Justice, devant quoi justement je venais de filer comme une gazelle. Et là, dedans la salle immense, moi minuscule poussée vers l'inconnu précisément, ci-dessus évoqué. Et le mot que d'entrée je lui sors c'est non.

– Non.

Je me vois, littéralement. Pour la première fois de ma vie décollant de mon nombril j'exécute un travelling arrière, et dévoile tout le tableau.

Là en bas, un mètre quinze contre un mètre quatre-vingt-cinq, et : Non!

Bille en tête, un défi. Un joli petit défi blond aux yeux candides, et si frêle. Et ne comprenant rien. Une provocation, quoi. Ah, téméraire!

Les chatons ne savent pas qu'ils sont petits. Ils n'ont pas peur des grands matous. Et les grands matous, qui savent qu'ils sont les plus forts, restent assis sur leur derrière, humbles, souriants : ils n'attaquent pas les petits, et les laissent vider les plats. Des gens civilisés.

REMERCIEMENTS I

QUANT à la tarte maternelle de retrouvailles puisque je suis sur les lieux de l'exécution, elle a dans son fantastique raccourci (Embrasse ton père. Non. Plaf) ouvert en grand mes yeux. Et d'un coup aboli tout mon respect (j'avais ! j'avais ! j'en étais bourrée ! respect amour confiance crainte, le menu complet, bourrée comme une oie, on commence tous par là forcément, c'est ce qu'on a) tout mon respect, que rien jamais ensuite ne vint restaurer, des grandes personnes. Des girouettes. Changent d'avis comme de chemise tournent leur veste raisonnent comme des savates disent blanc font noir sans même s'en apercevoir et si on leur met le nez dedans, la rogne. Aucune logique. N'importe quoi. Savent pas ce qu'elles font, que Dieu leur pardonne s'Il veut moi je suis pas obligée. Tout cela s'étant jour après jour confirmé sous mon regard brutalement tombé du Ciel sur la Terre je cessai pour toujours de leur faire confiance ouf. Jusqu'à maintenant inclus, bien que j'en sois devenue une sur le papier mais absurdement ça n'y change rien. J'ai gardé le réflexe.

Et pour ça, pour cette beigne unique et salvatrice merci : c'était un merveilleux cadeau.

V

CE VIEUX BŒUF

– QU'EST-CE que tu fais là ? Sans livre. Et pourquoi tu te marres. Sans moi.

Je me hissai hors de mon trou, secouai ma poussière, accommodai sur le présent et y trouvai Ari, assis à côté de moi.

– Mon livre je l'ai à l'intérieur. Titre : « Pourquoi j'ai craché sur un boulot facile et qui rapporte », suivit toute l'histoire, depuis le cigare du sous-chef jusqu'au rat de bibliothèque rongeant son problème.

– Alors pourquoi tu as craché ?

– Je ne sais pas encore, j'ai perdu la question dans ses digressions.

– Ah, dis voir.

– Oh là là on va y passer ma vie. Bon, une.

Je sortis du chapeau « Le plus beau cadeau de maman », qui n'en traînait pas trop après lui.

– Ah, soupira-t-il, moi on ne m'a jamais giflé. Chez nous les enfants sont sacrés. Ce qui fait que les parents aussi.

– Pauvre môme.

– Enfin quelqu'un qui me comprend. Alors c'est mieux d'être battu ?

– Je ne suis pas qualifiée, avec une seule gifle, ah et puis merde l'éducation c'est un sujet pourri on va pas se mettre là-dedans. Rien n'est mieux et personne s'en sort, ça te va?

– Tu ne t'en sors pas?

– Non bien sûr. Mais j'ai l'intention d'y arriver.

– En passant par le trottoir?

– Cher moraliste hypocrite espèce de Tartuffe à l'envers toi c'est ta vertu que tu caches. Mal.

– Et toi? tu as un problème moral non?

– Je viens de le régler : on peut passer par n'importe où car tout se vaut. J'ai établi là-dessus quelques bons préalables : un, s'agissant de bouffer, tout est tapin. Donc la seule mesure de vertu c'est le temps, application : le moins tu en donnes le plus t'es pur. Ce qui plaide en faveur du trottoir, alors pourquoi j'ai détalé comme un lapin. Du tapin.

– Peut-être parce que ton postulat ne va pas? C'est bon pour le son ton tout est tapin mais est-ce que ce ne serait pas un peu réducteur?

– C'est tout Marx. Abrégé. Prenons ta thèse tiens...

– Tu vas mettre ma thèse au trottoir?

– Ta thèse, je l'ai lue. Deux pages. J'ai pas pu aller plus loin. J'apercevais même pas de quoi ça parlait, non non me le dis pas, je t'ai demandé : pourquoi tu écris comme ça, dans la vie tu parles normalement, attends, tu m'as répondu : si j'emploie pas le patois local je passerai pas. Tu l'as dit. Donc ta thèse est tapin.

– Eh tu pousses pas un peu? C'est qu'une affaire de forme...

– C'est rien la forme? Toi tu dis ça? un linguiste? Putasser dans le langage c'est moins pute que dans le baisage? Je ne suis pas en train de te critiquer hein, s'il faut il faut. J'essaye seulement de constater. Je mets tout à plat.

– Oui et comme ça tu mélanges les plans, c'est pas le même...

– Organe! Voilà ce que c'est pas le même. Outil de travail! Ta thèse, c'est bien pour décrocher un job à la fin non? avec des bons horaires, pas comme les usines.

– Sois pas démago.

– Ok, pas d'usines. Alors comme ton outil de travail il est en haut c'est plus noble tu crois? La merde monte pas jusque-là? Eh bien laisse-moi te dire, si tu tiens à des hiérarchies anatomiques, le cerveau ça craindrait plutôt plus que le cul : ça imprime tout. Indélébile. Moi ma tête je fais gaffe. Tandis que le cul, bof.

– Déjà t'en es là?

– Moi il y a beau temps que j'ai perdu mon vase sacré.

– C'est quoi ça grands dieux!

– Pour les catho orthodoxes, l'endroit par où on plante les enfants et ça doit servir qu'à ça, c'est autant dire un tabernacle. Eh bien pour moi c'est un endroit ordinaire, comme les autres pièces d'anatomie. Sauf à y admettre des gono, ou des trépo, ou des spermato non invités, ça ne garde pas trace. Pas plus que l'herbe du serpent, l'eau du poisson, c'est comment la suite?

– « Quatre choses je ne comprends pas : la trace du serpent dans l'herbe, la trace de l'aigle dans le ciel, la trace du navire sur la mer, et la trace de l'homme chez la jeune femme. »

– C'est bien beau. Tu vois, c'est même dans la Bible. Et la trace de la jeune femme chez l'homme ils en parlent pas?

– Non, tu sais comment ils sont. C'est toujours elle la salope. « Elle mange, et elle s'essuie la bouche, puis elle dit : je n'ai point fait le mal. »

– Et elle ne l'a point fait! car il n'y a point de mal là.
– Et du bien?
– Ben, euh, il y a ce qu'on y met, je suppose...
– Ton cul est une auberge espagnole quoi.
– Où t'essayes de m'embarquer encore? Tout est une auberge espagnole si on va par là mais on n'ira pas, je ne suis pas métaphysique pour l'instant j'ai un problème pratique, écoute, tu devrais être d'accord toi, que n'importe quoi qui devient gagne-pain n'a plus de sens? sinon le même n'importe quoi peut en avoir, les mains les pieds les oreilles, la musique tiens. Et le cerveau. Le cul, peut-être.
– Et la musique sacrée du cul c'est l'amour.
– Je marcherai pas. L'amour ça rend con c'est tout.
– Ah.
– Ecoute, côté profane je suis assez au fait, mais côté sacré je n'ai pas un grand entraînement.
– Je ne suis pas sûr que tu es si au fait que ça dans le profane non plus. Tes beaux raisonnements, grinça Ari, tu n'as pas trop bien réussi à les faire passer dans ta pratique jusqu'ici.
– Dis pas. J'ai assez honte toute seule.
– De ta vertu?
– Lâcheté. Je me rends compte que j'ai encore à faire mes preuves. Honnêtement je devrais y retourner.

J'y fus d'un vol. Lucette m'apparut, dans toute sa grâce. Je la regrettais, j'aurais voulu la revoir. Ce que je regrettais au fond, du tapin, c'est Lucette. Elle m'avait plu. Je dirais, j'en étais tombée un peu amoureuse. Bon, il y aurait eu des risques. Elle aurait pu le prendre mal, c'est toujours ce qui me retient. Aussi, ça aurait soulevé des problèmes, côté jules... Aïe. Quand les jules arrivèrent dans l'image elle perdit ses riantes couleurs et prit la grisaille de l'ennui de l'insipide et du morne, moi l'ennui je n'y résiste pas deux secondes chrono. Lors renouvelant ma fuite, je repris pied vivement dans cette brave réalité.

Où Ari disait :

– ... et par exemple si je te payais, tu viendrais coucher avec moi ? Comme ça tu n'aurais pas besoin d'y retourner ! Faire tes bon dieu de preuves ! Chut, fit l'entourage, à juste titre, Sortons d'ici dit Ari. Allons en griller une. Eh bien c'est d'accord, tu viens chérie ?

– Mais cher, alors.

– Diable pourquoi ?

– Prix d'ami.

– Mais c'est dans l'autre sens que ça marche !

– Si je devais tuer une bête pour bouffer j'aurais plus de mal à en tuer une que j'aime bien.

– Oh. Plaisante analogie. Thanatos relayant Eros en panne de flèches.

– En fait, je ne pourrais même pas du tout. Plutôt crever. Je crois.

– Tu veux dire, tu ne pourrais coucher avec moi à aucun prix ?

– Tout juste, aucun.

– Ah, en ce cas je suis prêt à payer. Je donnerais ma chemise. Après on irait dîner. Et peut-être au cinéma, y a un Buñuel. Ou bien tout bêtement, on causerait toute la nuit ?

– Voilà. Tu as dit ce qu'il fallait. La conversation ça n'a pas de prix.

– Je viens de penser, je crois que je tiens ma réponse pourquoi j'ai craché. La conversation. Tu vois, on est là. On a des conversations. C'est bon. J'aime ça. On peut tout dire. On peut converser sur pourquoi je ne me suis pas mise putain à cause du manque de conversation sur le lieu de travail. Parce que c'est ça. J'en suis sûre. J'ai même pas besoin d'y retourner.

– Ben voilà une bonne nouvelle. Ça me foutait en rogne. Je me demande pourquoi. Car enfin je suis d'accord au fond sur tes saloperies de préalables. Mais pas sur leur application. Tout comme toi dit-il, ravi de me rejoindre dans l'inconséquence.

Ça comme moi c'était encore à voir. Je n'avais pas dit mon dernier mot.

– Y compris ma thèse, tu vois, je suis prêt à toutes les concessions. Qui ne m'amuse pas ma thèse, tu vois tu vois, bien sûr que je ne me farcirais pas le truc si c'était pas pour me faire une base de, de négociations, sur le, le marché. Aux bons horaires ok. Qui laissent du temps. Pour les choses essentielles. Par exemple, écrire. Ce qui est mon but unique, jusqu'ici secret, je te dis tout tu vois, au fait qu'est-ce que c'est le tien, qui t'autorise à passer par n'importe où ?

– Oh, sale moraliste ! J'en ai pas, lui jetai-je pour l'emmerder. Au fait au fait... Je dis : Si j'en ai un tiens. Emmerder le monde.

– Ah oui ? dit-il, badin.

– Oui – et le temps s'arrêta et l'espace s'élargit, ma vue s'étendit par-dessus Ari, la foule du boulevard, les toits, la ville entière et toute la planète : ma blague m'était revenue dans la main comme un beau galet bien lourd et poli. En vérité n'était-ce pas là un but ? Et très essentiel ? Qui répondait plus que tout à mes désirs enracinés profond, profond, je le sentis passer dans mes plexus. Vraiment ultime celui-là. Aurais-je enfin trouvé ma vocation la vraie ? Je caressai tendrement mon galet, et m'aperçus que les marronniers étaient en fleur. Je dis :

– Les marronniers sont en fleur, et Ari les vit.

Les marronniers n'étaient pas inclus dans le monde à emmerder. Aucune plante, ni bête. En fait c'était limité à la Nature Humaine.

Tout ce qui me manquait c'était Comment. Je résolus de ne pas y réfléchir. Je laisserais venir. Ce serait ma thèse à moi : attendre que les galets me tombent du Ciel. Ou de l'Enfer, je n'ai pas de préférence.

Le mercle chanta dans le Luxembourg. La cloche du dîner. J'entrevis Vénus entre deux branches, et la désignai à Ari. Il en avait entendu parler. Mais se montra satisfait qu'elle existât, et à portée de nos perceptions. Sur ma lancée je lui détectai Jupiter, déjà visible, en haut à droite.

J'avais l'œil clair, et le champ large. J'avançais d'un bon pas, vers mon avenir en cours de dévoilement.

La solution c'était, à mon problème moral et amoureux ensemble : devenir riche, et la lever, réglementairement. Lucette. J'y retournerais, bon, puisque mon dégonflage me restait en travers. Mais pas en biche aux abois. En lion. Je lui dirais : si je te paye, on pourrait aller faire un brin de causette? (parce que moi, sans causette, rien du tout). Comme ça tu ne prends pas sur tes heures ouvrables.

Quoi qu'il dût en être,

quand en lion je revins Momo n'était plus là, et le bistrot non plus. Ni Lucette. Ni le trottoir. A leur place à tous il y avait un trou et par la suite parlons pas de ce qu'il y eut, où tout comme au Meurice on pouvait ne pas voir dans quoi on marchait, à condition de, la merde, l'avoir dans les yeux.

Quoi qu'il dût en être, le principe était bon, puisque tout est tapin, assumons – mais alors, pourquoi commencer tout en bas ? Non. Il fallait démarrer directement d'en haut. Avec vue panoramique, et détection de créneaux.

Je n'allais pas « chercher du travail » oh non.

J'allais me livrer à la grâce de Dieu. Le mien.

J'avais fait le contact avec ma divinité.

– J'ai trouvé Dieu.

– Merde, dit Ari. C'est grave.

– Non non : le mien.

– Ah bon. Qui c'est ?

– Le Hasard.

– Scientifiquement, ça peut coller. Tu envisages de fonder une religion ?

– Non, quand il y a une religion il n'y a plus Dieu.

Le bras d'Ari entourait mes épaules, et j'aimais ça. Des sentiments pour un mec ? Seigneur. D'ordinaire c'était pour les filles que ça s'accompagnait de sentiments, ou devrais-je dire de sensations ? Les mecs c'était le terrain de manœuvre. L'apprentissage du combat. Mes Universités, et j'en apprenais là plus que dans les bâtiments faits pour. Les mecs et les bibliothèques. Des sentiments pour un mec c'était neuf, sauf erreur ou ingratitude ça ne m'était pas arrivé depuis mon oncle.

– Et qui te l'a cassé ton vase ? me demanda Ari, après que nous ne fûmes pas au cinéma.

« Mon papa » eût été une exquise réplique. A la scène par exemple. A André Breton, il aurait adoré. Et Eluard donc, avec son « affreux nœud de serpents des liens du sang ». Mais malgré ma langue fendue qui ne sait résister à un beau trait, ça ne sortit pas. Peut-être parce que le verbe était impropre ? Je suis assez à cheval sur la propreté. En matière de mots. Essayons avec le propre si ça ira mieux, je venais justement de l'importer dans mon vocabulaire et j'en étais pas peu fière. Je saisis l'occasion de l'exhiber.

– Pas cassé. Banalisé.

Ce sémanticien fronça ses sourcils touffus. Je me plus à l'imaginer en train de tâter lequel de ses usages attribuer à ce Mot appliqué à cette Chose : la voiture de police, la route à deux voies ? Le four ?

J'étais un sommet de frivolité. Avec toutes mes plumes, bien lissées. Comme toujours après cet exercice, qui me clarifiait la tête et non me la faisait perdre comme il est admis, avec les débordements et divagations complaisamment décrits par ceux qui se flattent de les avoir déchaînés, et de la vérité desquels je ne suis rien moins que certaine. Moi j'ai le contrôle automatique. La force de l'habitude.

La différence, et la surprise, était Ari : il manquait totalement d'arrogance, il n'était pas devenu sur-le-champ mon propriétaire, je ne sentais pas le besoin de me tenir à carreau, mes jambes ne me démangeaient pas. Je pouvais rester là et même contre sa peau, qui n'avait pas la moiteur ni l'écœurante blancheur majoritaires. Jusque dans le lit je l'aimais bien, c'est dire. Folâtre, prête au jeu, j'attendais la suivante réplique.

Il dit :

– Que t'ont-ils fait, pauvre enfant ?

« Et il me regarda – d'un regard si tendre –
Que j'ai baissé les yeux – avec un frisson »,

me chanta Bilitis, à travers le temps.

Le frisson j'eus. Et les yeux je baissai car j'avais senti là quelque chose d'humide, qu'il ne fallait pas que ça sorte ou c'était la débâcle et alors et, et mon image de marque ? Je veux dire, ma fierté, je veux dire ma force. Ma vie ! Moi qui me tiens debout moi qui vis encore. Moi en armes. Qui ne baisse pas ma garde.

Moi la Grande Banalisée. Jusqu'au trognon.

Ah je l'avais baissée ma garde et voilà où j'étais. Lors contre le flot saumâtre qui menaçait de m'engloutir je dressai la seule défense que je connusse : l'espace.

Si pleurer – dehors !

Je m'arrachai à cette douceur dangereuse.

Lorsque en hâte rhabillée je passai raide au large du lit, le long bras d'Ari en dépassait et au bout tenue entre deux doigts pendait une chose rouge. Une chemise.

– Le prix convenu, annonça-t-il. Pour la passe.

Ah bon. Ah bon si c'est ça.

Je pris le petit cadeau, et la porte.

Je l'avais eue ma réplique.

On avait gagné tous les deux.

« Papa » aussi. Lui était sauf.

Le vieux bœuf sur la langue était toujours debout.

Penser qu'à mon âge, mineure sur l'étiquette mais ma réalité était majeure jusqu'à l'os,
et incontinente du verbe que j'étais,
et plus personne qui allait se jeter par la fenêtre,
et libre, libre enfin, libre bon dieu, je pouvais dire ce que je voulais !
je le traînais encore partout avec moi, est-ce que tu vas me poursuivre toute ma vie et jusque dans mes lits, merde papa !

Mort il commande encore et libre, j'obéis.

POURQUOI VOTRE FILLE EST MUETTE

J'EMPLOIE aujourd'hui l'attendrissant vocable mais à l'époque je ne pouvais l'émettre, ça m'aurait écorché la gueule. Toute mon enfance je ne désignai le personnage que par « il » et « lui ». Ce qui enrageait ma mère, dont les efforts répétitifs pour m'obliger à le nommer comme il faut avaient pour effet de me jeter dans des mutismes têtus, qu'on n'appelait pas encore autistiques ce qui me sauva de l'hôpital. A la chronicité j'échappai par l'amnésie : au réveil j'avais oublié que j'étais muette, quand je me le rappelais c'était trop tard.

Je ne pouvais l'émettre, et à peine le penser. Côté périphrases rien qui vaille (l'auteur de mes jours!) et synonymes aucun qui dépassât l'affectueuse ironie, ramollie encore par le nauséeux possessif (« mon » vieux).

Vérification faite, cet existant n'a pas de péjoratif. Voyez jusqu'où se protège l'engeance. Ainsi n'y avait-il pas place pour l'en-question dans ma langue.

Tant le recul me faisait alors dramatiquement défaut, et l'espace de la dérision, que je ne pouvais l'ouvrir du tout et débuter le discours, faute de son premier mot.

Pour la dérision maintenant ça va. Mon espace elle l'occupe en entier. Je ne sors jamais sans. C'est ma seconde nature. Ce qui fait que le malentendu se lève sous mes pas comme girolles après pluie. Ah tant pis. Comme le proclama par voie d'affiche le cher Willie Lamothe :

J'aime mieux mourir incompris
que passer ma vie à m'expliquer.

POULPE

Je martèle le trottoir de mes bottes cavalières, dont le hasard vient de me faire don, avec promesses d'avenir : ces bottes ne pourront se passer de cheval me disais-je et je l'eus en effet. Mais n'en fus pas apaisée. D'avoir perdu Ari par ma stupidité, la fureur ne me quitte pas.

Je crois aux fantômes voilà. Et ce n'est pas dehors qu'ils sont c'est à l'intérieur. Le vieux mien se planque chez moi. A l'abri. Protégé par moi! Jouissant de l'immunité posthume par système d'étouffoir incorporé, avec brevet de secret universel télécommandé à travers le temps l'espace et la complicité.

Je lui résistais mieux quand je l'avais en face.

Pas de sourires pour lui pas de cadeaux rien, j'oublie sa fête son anniversaire bonjour bonsoir noël et bonne année, il faut tout me rappeler : c'est mon « ingratitude ». Avant les dates obligatoires elle me file des sous, je me ramène avec un nœud papillon à pois ou autre exploit dans la hideur, ah je m'exprime bon sang je n'en loupe pas une. Sous le baiser réglementaire je me dérobe jusqu'aux cheveux, je suis plus vulnérable de la figure que du reste : il paraît que je ne suis pas banalisée de là. Il n'en a pas usé.

– Tu n'as pas de cœur, traduit-elle tandis que ledit cœur, pour rester dans la triperie, saigne. De son aveuglement. De la solitude dans laquelle elle m'abandonne.

C'est à ma mère que j'ai mal.

– Tu ne peux pas regarder ton père en face quand il t'adresse la parole?

Sur ordre je lève la tête. Je lui pose mon regard dessus. Pas haineux non, pas même. Opaque. Glauque. Le poulpe dans son aquarium, j'ai vu ça une fois, ça m'a bien plu.

Et passe à travers ça, vieux.

Il passe.

Cet œil-là, il me l'a fait. Ce n'est pas génétique. Me l'a laissé en héritage. Je le garde au frais. Je le sors quand il faut.

Je ne l'ai pas encore essayé sur les lions. Je ne suis pas sûre d'en être capable, ma vie en dépendant. Ils ne méritent pas ça. Les lions. Ni les autres mammifères oiseaux serpents poissons crapauds araignées et la suite. Et pas même les malheureux chiens, de si mauvais renom. Mais sur les hominiens il fait merveille : quand ils ne se cavalent pas comme des souris, ils accourent comme poulets au grain. Il est cause, et œil, de la réputation qu'on me fit parfois, par méprise, mais qu'il m'arriva d'endosser lorsque l'occasion me semblait propice à la pose de jalons vers les cimes où j'aspirais, et d'où je pourrais mettre en œuvre ma vocation suprême.

POULPE ET LANGOUSTE

COMME toute divinité, le hasard a ses exigences. Il lui faut des dévotions. Les dévotions au hasard c'est être là. A disposition. De permanence. Tous les sens en batterie, les cinq connus, et les non-reconnus par notre monde infirme. De façon à ne pas le louper s'il fait la grâce de passer sur la ligne. Comme disent tous les croyants en quoi que ce soit : veillez et priez car vous ne connaissez ni le jour, ni l'heure.

Full time job. Ni facile ni sans risques. A travers les avatars variés que le hasard dispose j'avais appliqué mon esprit à cette ascèse. Je le trouvai prêt à l'emploi un soir où, assise au Flore devant un crème appelé à constituer le principal de mon souper et voyageant dans mes souvenirs, se trouva devant ma table un homme d'aspect cossu, et me dit : « Vous avez un regard magnifique. » C'était le poulpe, ramassé dans le passé et parvenu jusqu'ici. J'eus le réflexe : je gardai la pose.

– Je n'oserais bien sûr m'asseoir à vos côtés...

Poulpe. Il resta debout.

– Mais exprimez seulement un désir.

Son humble maintien ne pouvait tromper. J'avais rencontré l'espèce dans mes lectures enfantines avancées, et la reconnus aussitôt, c'est tout à peu près le même moule.

– Dîner.

C'était modeste. Mais urgent. Parons au plus pressé. J'interdis toutefois qu'on réglât ma triste consommation : le niveau devait être d'entrée indiqué, pas question de démarrer dans le gagne-petit.

C'est de là, de ce « Xavier » – dont le vrai nom, fort vulnérable, plus tard découvert, servit, avec d'autres de ses collègues à la réputation également sensible, la coupable industrie que j'exerçai un temps, aux fins de me constituer la mise de fonds nécessaire à mes débuts dans le monde – c'est de ce Xavier (qui lui-même ne me connaissait que sous un nom de guerre, et guerre c'était) que je tenais entre autres dons les somptueuses bottes cavalières, par son rituel exigées, et qui sonnaient si bien sur les trottoirs. Il me mit le pied à l'étrier je ne saurais mieux dire, puisqu'il me mit aussi à cheval. Enfin. Le bonheur est un rêve d'enfance réalisé dans l'âge mûr.

Ce premier soir, en chemin vers les langoustes, il laissait errer des regards de regret vers d'élégantes vitrines éclairées, mais à cette heure verrouillées; puis sur moi : il prenait mes mesures? J'eus soin de ne donner aucun signe, somme toute j'étais assez douée, d'ailleurs c'est faim que j'avais. Tout juste si je ne bavais pas sur les tables qu'on roulait dans le restaurant où il me fit entrer, et dont un maître d'hôtel s'empressa vers lui avec sur la figure l'éclairage pour client de marque, et puis, m'ayant dévisagée, s'éteignit comme une chandelle. Mon racoleur affermit son air impérieux, et, toute honte bue, nous fûmes guidés vers une table, en fait point trop en vue : en ce haut lieu où il entendait m'honorer en dépit ou à cause de l'humiliation qu'il en souffrait, mon accoutrement n'entrait que par effraction.

Je portais la chemise de Ari.

Rouge, en fine flanelle, chaude, légère, un vrai doudou. Sa plus belle, probable : il n'avait pas lésiné sur la passe, mon moraliste. Me descendant aux genoux et les manches interminables retroussées, complètement inconforme et hors de toute mode, déplacée partout. Et pas très fraîche car je ne la quittais pas.

Je ne la quitterais tant que je n'aurais pas nettoyé mes écuries d'Augias – mes étables pour mieux dire. Elle était ma tunique de Nessus.

Arpentant le boulevard de l'intelligentsia, examinant les étals des libraires, rêvant d'un jour où je verrais son nom sur une couverture, et je lui écrirais, n'ayant plus d'autre adresse (il n'en avait pas laissé à son vieil hôtel), chez son éditeur : « Maintenant je peux te dire qui m'a banalisée. » Le sens, propre, qu'il avait donné à l'abominable mot m'étant enfin devenu clair, et ma misère, et toute la fraternelle compassion de sa « réplique », rencontrée ensuite dans *les Années d'apprentissage de Wilhelm Meister.* Ecoutant et écoutant mon disque des *Chansons de Bilitis,* me chantant à moi-même « La chevelure », essayant d'attraper la perversement atonale dernière note, fri*sson,* et frissonnant, et plongeant à chaque fois dans cet instant, petite madeleine douce-amère, cet instant, où j'avais refusé de tomber. Il y avait, préservé dans cette musique, il y avait là ces minutes durant lesquelles j'avais aimé un homme. Ces minutes-là, Bilitis.

Je me payais une passion rétroactive.

Ah, que la conscience est lente!

Je m'étais juré d'un jour devenir capable de faire sauter l'écrou et la première chose que je ferais alors oui, la première, c'est trouver Ari, et lui faire l'honneur, oui l'honneur, d'une réponse.

Mais quand après ces années, je revins, de là-bas où j'avais fui dans les bagages de ce pauvre Ben, il n'était plus là Ari il était parti en fumée Ari, et cette fois pour de bon oui, je tombai.

DIVAN À RESSORTS

FINALEMENT c'est lui qui parla d'abord.

– Ne vous angoissez pas, ça commence souvent ainsi.

– Mais c'est mon problème, ne pas pouvoir en parler, il faut me l'arracher, c'est pour ça que je suis là.

– Parlez d'autre chose, n'importe quoi.

N'importe quoi je ne suis pas mauvaise d'habitude. Faute de mieux je lui improvisai hâtivement un cauchemar idiot d'un mec qui me poursuivait les mains en avant je n'avais pas où me cacher et en plus rien sur la peau. En bas, je précise.

– Vous désiriez qu'il vous attrape dit-il, omettant le point d'interrogation.

– Mais bon dieu, il le faisait!

– ...

– ...

– Vous savez bien qui représente cet homme.

– Ça oui, d'ailleurs c'est pas un rêve, je l'ai inventé.

– Rêve, rêverie... le fantasme est toujours l'expression d'un désir.

– Ah? Et de la part de qui?

– De vous-même, forcément.

Je me permis de le regarder.

Merde « il » m'avait bien dit qu'on ne me croirait pas.

Tous de mèche.

– Ce qui compte c'est comment vous avez vécu cet amour...

Amour! à ce sésame je jaillis du divan.

– La violence même de votre réaction...

J'étais déjà loin. Sans payer porte claquée et au pas de course, heureusement que c'était après l'hôpital, dedans ils m'auraient recravatée et mise aux violents. Je battis ce jour mon record des deux mille mètres. Me retrouvai miraculeusement devant mon vieux lycée. Acte manqué, mais charmant. Avec une belle envie de sonner à la porte. Entrer. Dedans les murs. Le mec il aurait dit : le ventre maternel. Et l'anti bas-ventre paternel qu'est-ce que vous en faites?

Où fallait-il que j'en sois rendue pour atterrir chez cet acharné d'amour filial, j'avais lu Papa Freud pourtant! Mais dans mon état effondré écoutant le gentil interne j'avais conçu l'idée, en somme raisonnable que, puisqu'on allait là pour causer, en payant pour, je parviendrais peut-être en y mettant le prix – et j'avais choisi un bien cher vu le poids de la bête – à déposer mon bœuf, et le paquet que l'irréparable avait fait remonter, m'étouffant mortellement. Dyspnée. Origine « hystérique ». Et comment! s'agissant de courir pour ma vie le souffle il m'était revenu avant que j'aie eu le temps d'y penser, j'étais guérie. Du moins du symptôme. L'analyse réussie la plus leste, sans doute, des annales.

De mon vieux lycée je n'avais que quelques pas à faire pour mon vieux cimetière : là assise sur Vallejo (« Laissez-moi mourir si vous voulez mais laissez-moi – éveillé du sommeil »), je pouvais pleurer toutes mes amours d'un coup. Sous le regard des passants compatissants. Dans le malentendu.

Mon cher salut dans la fuite.

Sortent de chez eux porte claquée (« Ne claque pas ta porte, combien de fois faudra-t-il... »), je jaillissais à l'air libre – l'air libre ! je fonçais par les rues, entre les autos, je jouais avec les autos, qui meuglaient comme un troupeau de buffles, jeu superbe, à risques comme doit être un jeu, et à l'arrivée je tombais sur tout ennemi en vue, garçons compris et même surtout, je détestais les garçons, ils sont bêtes. Non, je les jalousais. Pas pour ce qu'ils ont en plus figurez-vous. Pour ce qu'ils ont en moins : eux, ils étaient à l'abri de ce qui m'arrivait. Croyais-je. Dehors je pouvais être un garçon moi aussi, je savais me battre (leçons paternelles, paradoxe), j'étais égale, et même semblable, après avoir tailladé mes cheveux à grands coups de ciseaux – et ah, ce cirque ! « La seule chose que tu avais d'à peu près bien » (ma mère, toujours fameuse pour nourrir ma vanité), et lui : « Qu'est-ce que tu cherches, à te rendre repoussante ? » Ce fut raté : il n'en avait rien à faire de ce bout-là lui, j'aurais pu aussi bien être chauve.

De là où il avait à faire je commençais à l'être un peu moins. Ce qui n'allait pas chez moi sans répugnance.

D'un autre côté, paradoxe, j'étais passée sous la barre des trois mille jours à tirer.

Le temps travaillait pour moi.

FAIBLESSE HUMAINE

Je fais des caprices.

Non, pas aujourd'hui.

– Dis donc, pour les migraines qui durent la semaine j'ai assez avec ta mère.

Ce gentleman m'avait voici longtemps informée qu'elle « n'aimait pas ça ».

Bien forcé donc le malheureux n'est-ce pas qu'il aille chercher ailleurs, « un homme c'est faible ». Comme il se disait chez Babet entre femmes trompées, « ça a des besoins ça ne peut pas résister, faut comprendre ». Et me voilà roue de secours, posée en rivale de ma mère. Promue favorite si je donne satisfaction, divisez pour régner.

L'offre de promotion dans le harem je ne sus pas apprécier. Ne ne me trouvai-je honorée par son avenante confidence : j'avais honte de l'avoir entendue. Ça m'avait sali les oreilles.

Aller chercher par là ma complicité contre ma mère, il fallait qu'il soit fou. Il ne voyait vraiment rien.

Hélas elle non plus.

J'habite un monde d'aveugles.

Je ne serais pas épouse-et-mère, je m'en fis le serment : j'aurais eu trop peur de donner un père à une fille.

A l'en croire (mais peut-on croire un menteur?) le risque était élevé : « pratique courante dans les familles ».

Je n'en rencontrais pas les signes autour de moi pourtant.

Mais au fait, je n'en montrais pas non plus.

Qui en eût cherché n'en eût pas trouvé plus que moi.

Je pouvais aussi bien présumer que nous étions une foule.

Une foule dont chacun est seul.

Et personne qui peut lever le doigt en premier.

BONNE ÉCOLE, DEUXIÈME CYCLE

JE joue à tirer sur la laisse.

Comme ça, pour voir. Jusqu'où.

Je tourne de plus en plus expérimentale. Il me pousse de la malignité. Une queue des cornes et pieds fourchus.

Je perdais vraiment l'innocence.

Et il m'en restait toujours à perdre c'est drôle.

La guerre fait rage les privations pleuvent le sourire maternel est en berne. A Noël pas de cadeaux – tant mieux, j'aurai pas à dire merci.

Rien qu'une austère Bible noire. Je l'ouvre au hasard, et voici : « Jeune homme, réjouis-toi dans ta jeunesse, livre ton cœur à la joie durant les jours de ta jeunesse », me dit-elle. « Avant que les jours mauvais arrivent où tu diras : Je n'y prends plus de plaisir » (ça on verra). Je note : tout est à double tranchant, il n'y a qu'à trouver le bon.

Les huîtres ils vont les bouffer dehors en compagnie – ainsi me comblant de solitude, ouah! Le piano bouclé le soir (sur plainte des voisins paraît-il) je me débrouille à le crocheter c'est des serrures minables : quand je serai grande je me mettrai cambrioleuse, vocation n° 4. Plus d'argent de poche – qu'à cela ne tienne, je découvre le vol.

C'est des vrais pousse-au-crime ces gens-là. J'avais pas encore fait ça ô ma sainte mère! Je trouvai chouette, une corde de plus à mon avenir. Qui brille au fond du tunnel (2 880 jours), telle l'étoile du Berger sur Bethléem. Je suis insoupçonnable : j'ai une réputation sans tache dans le quartier, et de beaux restes d'angélisme sur la figure.

Je n'ai pas encore l'air d'un voyou.

Il pousse tendrement à l'intérieur.

Ma fleur de serre.

Mon armure, mon bouclier.

Mon défenseur. Mon chevalier.

Je serai une crapule sans foi, ni loi sauf la mienne, une brigande toutes griffes dehors, semant la pagaille sur mes pas commençant tout finissant rien et complètement folle ma pauvre fille, et poète bancale et boiteuse et emmerdant le monde.

Et ne reproduisant pas de Nature Humaine.

VI

LE THÉÂTRE DE LA VIE

Je deviens dépouillée comme Job (j'ai maintenant de hautes références). L'Eternel a repris. Donné repris donné repris repris repris. Quant à : que Son Nom soit béni, qu'Il n'y compte pas la Vache.

Ou bien si? Car tandis que je le maudis à pleine voix et avec le ton, « Périsse le jour où je suis né! Et la nuit qui dit : un enfant mâle a été conçu », et femelle donc! j'ajoute de mon cru et enchaîne sur ma Jobe personnelle qui n'est pas mal non plus en fait de misères, je me découvre une nouvelle vocation : sur mon chemin tortueux j'ai rencontré le Théâtre de la Vie.

Je ne suis plus moi. Je suis des autres. Plus moi, quel repos. Je suis vraiment bonne. Plus tard, je serai comédienne.

Et ils ne savent pas que ce n'est pas moi qu'ils ont ici, devant eux! Moi je suis à côté, je fais la mise en scène. Et ils ne savent pas qui ils ont! de quels hôtes illustres ils sont visités, des rois des pirates des prophètes, don Quichotte Poil de Carotte Hamlet (var. « To kill or not to kill »), Peau d'âne Violette Nozières Cassandre, des sorcières jetant le mauvais sort (et ça marche : il leur arrive plein de pépins, pour commencer on est ruinés). Ils appellent ces héros « mes sautes d'humeur » et « Tu es complètement folle ma pauvre fille ».

Je les trompe !

Mon chef-d'œuvre fut l'idiot : lèvre pendante œil vague travaillé au miroir, maladroit, oublie tout mélange les commandes passe des heures à ses devoirs inquiète sa maman (l'âge bête promis est arrivé ?), et à moitié sourdingue en prime, n'entend pas quand on (« il ») appelle.

Il vient me relancer au gîte.

(Sans frapper bien sûr cette idée-là ne leur est jamais venue d'ailleurs ma porte doit rester ouverte et à une porte ouverte on frappe pas. Je la ferme, on me la rouvre, et cetera, ça met de l'animation.)

Moi, lamentable : Je m'en sors pas de mon algèbre et j'ai encore ma dissert après pour demain tu comprends...

Il comprend pas non. Il trépigne. Il comprend qu'une chose.

J'embarque mes soucis affichés sur la figure, je suis sinistre. Qu'est-ce que je l'aimais cette algèbre. Et cette dissert merdique (« Dans cet Orient désert quel ne fut mon ennui », commentez. Ils sont vraiment nases). Et même l'Histoire cette scie, tout quoi. Sauf lui. Et qu'il ne l'oublie pas bon dieu !

Mais de mes états d'âme il se soucie autant que la fermière landaise de son oie qu'elle engraisse.

Oncle Paul rattrape de justesse le plateau en train de me tomber des mains avec tout dessus. Dans une autre famille ça pourrait être drôle.

– Remercie ton oncle, m'ordonne-t-il sèchement. Paul se marre. Ma mère :

– Elle casse tout en ce moment je ne sais pas ce qu'elle a. Hier le vase ming.

– Ming? s'exclame surpris le cadet, qui est dans la partie et connaît. L'aîné aurait-il encore fait passer du toc pour du cadeau somptueux? J'ai ouï des choses telles dans les scènes. Ça vaudrait la peine de recoller alors, où sont les morceaux? insiste Paul.

– Jetés.

– Un Ming??

– Il était en miettes.

– Mais non... Ça, c'est ma modeste contribution, je sais bien que c'est pas vrai j'y étais. J'ai fait quatre beaux morceaux. Ma mère regarde l'un puis l'autre frère. Le doute est semé. Je biche, là-dessus je balaye le dernier verre resté debout, Paul éclate de rire, je prends mon air le plus crétin et ma mère n'ose pas s'écrier « Mon service en cristal ». Le doute.

L'idiot a le droit de casser, principalement les trucs moches. Il vise bien. Je me complais avec lui, c'est mon copain. Pour l'idiotie je suis vachement douée.

Ah que trop! Je suis si bien là prélassée, flottante dans l'eau tiède. « Sors de là! » crie la voix, et c'est comme un cheval tombé qu'on essaye de faire lever à coups de cravache, je me retrouve sans force, sans courage. Sans même envie.

Quoi, ma seule alliée, ma tête, et voilà ce que j'en fais : au rancart. Peut-être que ça s'use si on ne s'en sert pas comme les piles, et que faire quand c'est à plat? Si la tête perd sa saveur avec quoi la lui rendra-t-on?

Eau tiède – bain de boue oui, la vase, les sables mouvants, au secours, à moi!

A moi qui?

A moi moi, qui d'autre ? Dieu ?

J'ouvre ma sacrée Bible à tout hasard. Proverbes, 31,10 : « Qui trouvera une femme vertueuse ?... » oh merde. Si Celui-là s'y met aussi.

Je crois que je commence à en avoir marre.

Je m'énerve.

– Non ! Laisse-moi finir d'abord !

– Quoi ? Il avance sa grande pogne. Je me réfugie derrière ma chaise, c'est ce que j'ai.

– Non non non ! Je finis d'abord j'irai après ! je hurle !

– J'attends dit-il, et reste là planté en pyjama comme un con.

– Pas ici ! Je ne peux rien faire avec toi ici !

– L'hystérie. Bon. Dit-il. Fait retraite de deux pas. Je lui ferme la porte sur le nez. Contemple cette porte : pourquoi j'ai jamais eu l'idée de mettre un verrou ?

Il rouvre. Souriant. Calmé : efficacité d'abord. C'est pas tous les jours jeudi.

– Allez viens. Tu travailleras mieux après dit-il, avec une onctuosité épiscopale.

Une défaite assez réussie.

Confronté au verrou (minable, je n'ai pas pu piquer un gros), il annonce qu'il va enfoncer la porte et s'y met sans délai, oh ça ne va pas être long. Et je serai bien avancée moi, sans porte du tout imbécile que je suis. J'ouvre. Il est armé d'un tournevis.

Défaite n° 2.

La force, c'est pas pour moi.

Ma mère (faisant sauter dans le creux de sa main le verrou vaincu et mouchardé) : qu'est-ce que tu

as donc de si laid à cacher que tu doives t'enfermer?
Moi (rageuse) : je veux juste pouvoir travailler tranquille!
Lui (épiscopal et prenant les devants) : c'est nous qui te gênons?
Moi, silence oui.
Elle, hoche une tête mal aimée et dans la même patate.

Lui (reprend le verrou et de bien haut le laisse choir dans la poubelle) : compris?

Compris. Défaite n° 3.

Quand même c'était une honorable bagarre, elle m'avait secoué les neurones, à défaut de mieux. Avait réveillé cette bête sauvage tapie au fond de moi : la haine vive. Mon moteur. Si votre tête perd sa saveur, essayez donc ça. Proverbes, 31,10 m'apparut sous un jour neuf, et la Femme Vertueuse me fit un sourire Joconde.

« Elle a plus de valeur que les perles... Elle est comme un navire marchand... », ce navire marchand me ravissait avec sa maison mystérieusement vêtue de cramoisi qui empêche la neige de tomber, et sa lampe qui ne s'éteint point pendant la nuit – ah oui, enfin tranquille, quand ils sont tous garés au pieu! C'est moi ça, fabriquant mon journal intime de toutes pièces, quelque chose comme une vie de saint, sexe non défini, et sans doute orphelin car on n'y voit pas l'ombre de parents. Avec énigmes, pensers élevés semis de visions, et si bourré de niaiseries que j'en rigole toute seule dans ma nuit camarade.

Quand je tombai sur le *Folklore breton* de Raymond Roussel je me le rappelai ce mien journal : qui sait s'il n'était pas un chef-d'œuvre du même tonneau ? Hélas il est passé dans le vide-ordures.

J'y notai : Il faut être patient avec Dieu, Il est à retardement. Et à double tranchant.

Je produisis le Théâtre de la Perfection.

Qui peut trouver une femme vertueuse ? (ah ah) Et qu'est-ce qu'on peut faire contre ?

« Elle ceint de force ses reins. » Tout prêt à temps tout nickel pas de rouspétance, politesse exquise service impeccable, je mériterais des applaudissements. C'est eux qui les recueillent bien entendu. Ce qu'elle est devenue bien élevée ta fille dit tante Gina. Il est temps qu'elle s'y mette est la réponse maternelle, je me suis donné assez de peine, et Paul salue l'accord des fromages et du vin, Ça c'est sans doute un accident dit le Maître, qui n'a jamais vu à sa table que des morceaux de plâtre aggravés de pinards douceâtres : héritière de Babet, je sais aussi bien, pour les cochons, composer d'exécrables gâchis et mets un point d'honneur à le faire mal bouffer. Mais la femme vertueuse « amène son pain de loin », et ses fromages et ses melons.

Qu'est-ce qu'on peut faire contre la perfection. Il trouve : en abuser. Promptement me réduit en esclavage. Pantoufles journal cendrier, et propre s'il te plaît, se fait un plaisir de me déranger pour se faire apporter le verre presque à sa main et as-tu ciré mes chaussures, tout juste s'il ne dit pas As-tu léché. Papa-pacha. Et ma mère ne moufte pas, trouverait-elle ça naturel ? La tante aussi d'ailleurs, merde les bonnes femmes. Race de serves. Oncle Paul va faire la glace à ma place, se fait remettre à la sienne : « C'est pas ton travail. » Il ne réplique pas. Devant l'Aîné il n'est pas bien faraud, Paul.

Il me dira : « Qu'est-ce qu'il m'a filé comme peignées quand on était gamins. » Il paraît qu'on avait une chose en commun : pas d'amour pour le même.

Et que fait-elle la Femme Vertueuse, sur le lieu du crime? « Elle met la main à la quenouille »? « Ses doigts tiennent le fuseau »? ainsi dit le Livre, Proverbes, 31,19, qu'est-ce que c'est cochon ce bouquin vu du dessous, et je suppute que dans son enfance aux sources mêmes du patriarcat elle y était si ça se trouve passée au droit de cuissage la pauvre môme, qui sait si ce n'est ce qui l'a acculée à la Vertu. D'une poigne de fer.

Pas de mauvais esprit. Au reste prêter la main n'est pas requis.

La Perfection, c'est l'obéissance dans la dignité.

Le Devoir. Accompagné de l'ennui inhérent, et d'une discrétion de bon ton dans son accomplissement.

Or, n'y avait-il pas amoindrissement de l'enthousiasme chez l'adversaire? Ça ne l'amuse pas du tout lui, le Devoir. Quelque chose manque au festin.

La victoire est accomplie. Mais un peu fade.

La tentative qu'il fit pour là aussi me mettre en esclavage poussé fut sans lendemain : s'étant avérée trop risquée. Tout ce qu'il essaya d'instaurer en supplément de programme ne faisait que l'exposer à trahir des faiblesses. Il revint à sa vieille routine.

Je me demandais jusqu'où son enthousiasme ne pourrait être rabattu, par une assez longue patience.

En même temps il couve une rage sourde, inquiétante.

Quelle défaite va l'emporter?

O Dieu, qui vois tout, donne-moi la fortitude, afin que je parvienne à infléchir la rigueur de destin!

Une joie mauvaise me monte, à l'espérance de la réduire à zéro.

La Femme Vertueuse serait-elle une sadique déguisée?

« Ça va? » demande mon oncle quand je vais lui ouvrir la porte. Ouvrir la porte c'est mon travail. Le Maître ne soulève pas son cul et les femmes sont là-bas ensemble, occupées, savoir : habillage et babillage. Moi je ne suis pas occupée je suis de service.

– Ça va? demande Paul, et me regarde comme s'il se souciait vraiment de ma réponse. Alors le regardant aussi je la lui donne, avec tout le poids :

– Non.

Une grande confidence. Ma première. Quel courage! Deux secondes sans masque, et voici les femmes toutes bruissantes d'accueil mondain et élégance vespérale : quand elle est avec Gina ma mère devient une Femme, c'est contagieux.

– On sort tout de suite ou on se fait un petit apéro?

– Un petit apéro, faut que je souffle un peu moi, dit Paul, qui semble éprouvé et s'affale dans un fauteuil.

Je soufflerais bien un peu aussi moi. Ça m'a épuisée cette conversation.

– Tu apportes ce qu'il faut m'ordonne le Maître et me revoilà chez moi je veux dire chez eux, bouteilles verres croquettes. Et glace. Rien manque ?

– L'eau gazeuse tu l'oublies ?

Patience. Quand ces soiffards auront éclusé leurs trois ou quatre, porte refermée sur eux bon vent, je m'affalerai à mon tour, le souffle je reprendrai. Je me ferai un verre moi aussi : un peu de chaque truc pour que ça ne se voie pas, tout mélangé, je suis en chemin vers mon ivrognerie future. Je cambriolerai mon piano et, le bonheur jusqu'à dix heures. Ou je danserai Chopin ou je chanterai ma Fiancée du pirate ou ce que je veux. Chère solitude ! Je noterai dans mon journal des secrets en code. Ce soir : « – Ça va ? – Non. »

Ça, c'est du dialogue !

Je ne trouvais pas la pièce forcément drôle. Mais je la gardais à l'affiche : elle me fascinait. Avec son échafaudage bancal de tiroirs jamais ouverts en même temps et qui ignorent chaque ce qu'il y a dans les autres. Et cette Carte du Tendre qui est un tas de crotte, où tout le monde devrait s'appeler Faux-semblant. Faux-semblant 1, Faux-semblant 2, Faux-semblant 3.

Finalement je me mettrai plutôt Auteur dramatique, que comédienne. Je voyais déjà, tout au fond du décor, cette porte toujours refermée, derrière laquelle on ne sait pas ce qui se passe.

Et devant, tout du trompe-l'œil.

A part l'entrée :

– Ça va mieux ?

– Non.

Dans ma pièce, personne ne se conduit normalement. La fille n'est pas filiale la mère pas maternelle le père passe du copinage à l'autorité, sans raison (visible), il s'acharne après la môme. La mère prise entre deux feux, paumée, s'efforce en vain de construire la famille unie qu'elle rêve. D'abord on croit que la fille n'a pas toute sa tête, puis il apparaît qu'elle joue des rôles, toute la salle le voit (des rôles dans le rôle, épatant). Quand la fille ne fait aucune bêtise, le père lui en fabrique pour la faire engueuler, par exemple casser un vase en douce – bonne scène ça tiens :
Faux-semblant 3 (fille; engueulée) : C'est pas moi!
Faux-semblant 1 (1, parce que c'est lui qui mène le jeu) : Tu mens. (Il sait que c'est lui qui ment, et le public aussi, on l'a vu casser le truc.)
Faux-semblant 2 (la mère, en sandwich) : Toi qui étais si franche autrefois!
Faux-semblant 1 : Et ce serait qui alors? (ricanant : il sait que si 3 l'accuse, on ne la croira pas. On ne croit pas les enfants).
Faux-semblant 3 (désespérée) En tout cas c'est pas moi!
Faux-semblant 2 soupire, désolée.

Excellent. Personne sur la même longueur d'ondes. C'était vraiment du théâtre. Auquel j'avais le privilège d'assister, en vrai et aux premières loges.

Assister?

Dans l'entrée (ici, pas de faux-semblant).
Paul : Et aujourd'hui c'est comment?
Fille : pareil.

Je regardais. J'écoutais. Je *voyais* des scènes,

j'entendais des dialogues. Je me demandais si c'était *bon.*

J'étais devenue spectateur.

Le soir, je notais. Fourrais dans ma cache secrète.

Ces brillants entretiens se déroulent, dans l'antichambre (tiens, anti chambre!), seul endroit joli de l'appartement, avec une console ancienne et une belle lampe. Deux, trois fois par semaine, quand oncle et tante viennent pour dîner ou prendre les parents pour sortir.

– Pareil?

– Oui. Non...

Entrent les femmes, pépiant comme des oiseaux : tiens, on leur mettra carrément des vrais gazouillis.

Ce n'est pas les idées qui manquaient, entre celles qui m'étaient fournies toutes faites et celles qui n'arrêtaient pas de me tomber. Un énorme meuble à tiroirs trônait dans le living (action officielle) on était toujours à fouiller dedans avec bruit sans jamais trouver ce qu'on cherchait. La fille, répondant à l'appel du père, va vers la chambre en récitant sa leçon : dates des victoires de Napoléon. Laissée seule le soir, elle lance des imprécations, elle répète ses rôles, et cetera. Ma parole, j'étais vraiment en train de faire une pièce.

Titre : La porte du fond.

On ne montrera pas, ni ne dira jamais, ce qui se passe derrière. Le public devra trouver. C'est une sorte de pièce policière.

Je ne tenais pas encore la fin.

Le père fouille dans les papiers de sa fille. Elle se révolte :

– Tu n'as pas le droit!

– J'ai tous les droits.

Il trouve la pièce, encore à l'état d'ébauche. Il en lit tout haut un morceau : c'est une scène qu'on vient de voir. Il la jette dans le vide-ordures.

Bah. Je pourrai toujours la refaire. Je ne risque pas de l'oublier.

ON NE PARLE PAS DE CES CHOSES

DÉLIBÉRÉMENT précédée d'aucune publicité ni dévoilement du thème, afin de tomber dans du terrain vierge, *la Porte du fond* – qui s'achevait dans son dernier état par un plan fixe, muet, très long, suivi d'un noir prolongé avant le baisser de rideau, sur ce que nous appelions « le quatuor du III » (scène fournie par la généreuse réalité) – reçut à la Générale un accueil remarquable : silence, immobilité. Je me suis interrogée s'ils allaient rester collés à leurs fauteuils et ma mémoire reçut la visite de « L'Ange exterminateur », celui de Buñuel (pour qui l'aurait manqué : les invités de la réception haut-bourgeoise se voient, au moment du départ, dans l'impossibilité physique de franchir les portes pourtant ouvertes; s'ensuivent des journées d'horreur, toute leur merde cachée qui sort). J'eus le temps de me demander comment ils (les nôtres) allaient se débrouiller pour les chiottes. Quelques mains amies étaient entrées en action aussi fort qu'elles pouvaient, échouant néanmoins à dominer les claquements des fauteuils qui couvrirent même les annonces, et sans suspendre leur déroute pour celles-ci, quittant en hâte les travées, comme un seul homme ils se sont littéralement enfuis.

Minuit les avala.

Devant les grilles sur nos talons fermées nous étions tous – le plateau, maigre, et les amis ayant tenu bon contre l'adversité, ça ne faisait pas la foule. Nous nous observions, chacun cherchant sur les autres visages les signes prévisibles de l'accablement. Et ne les trouvant pas. Voyant des faces figées dans un rictus idiot, qui, de crainte d'être cruel, n'osait pas s'épanouir.

– Artaud, énonça doucement Julius notre metteur en scène.

Une ombre mince surgie du brouillard se tenait non loin, une très jeune fille, hésitant à s'approcher. Nous rompîmes le cercle, en invite.

– Pardon, je voulais juste...

– Vous n'êtes pas de trop, dit Serge, le père (le rôle ingrat), et le rire à tant de peine contenu explosa.

– Notre public! proclama Cléo, ouvrant grand les bras.

– Et moi qui venais pour vous consoler! dit la petite, embrassée, et à son tour gagnée par la liesse générale. C'était Louise, qui faisait son entrée dans ma vie.

– Qu'est-ce que je vais prendre en rentrant, dit notre public, au petit matin.

Après des agapes d'autant plus plantureuses que nous étions réduits à une table au lieu des trois retenues presse incluse mais absente. Souper intime, et l'air d'abord condoléant des restaurateurs rompus à déchiffrer les symptômes se brisa contre le mur de nos jubilations. Toutes scories mondaines fondues dans la brume du dehors, l'amitié cimentée dans le désastre triomphal, dit aussi glorieux échec bide radieux exaltante défaite délectable déconfiture j'en passe, et Julius m'appela tendrement Ange exterminateur : qu'est-ce qui pouvait autant me combler? Ma vocation suprême! et l'eau du cœur me monta aux yeux, au souvenir de Ari qui l'avait inspirée.

Sur ce qu'ils avaient bien pu se dire une fois rentrés au gîte la version retenue fut : rien. Cela confirmé par la critique : muette. A l'exception d'un jeune chiot, point encore fait aux techniques parisiennes de désamorçage, qui titra imprudemment : « Le four du siècle ». Tandis que plus roué un vieux cheval de retour trancha d'une ligne : « Petit règlement de compte privé, et qui le restera ». Ligne très inspirée je dois dire (et qui sait par quel compte, également « privé », me demandai-je) (parano?). Juste prévision, à court terme. On dura la semaine. On dédaigna une relance de pub, bien que c'est pas les idées qui manquèrent, « La pièce que personne ne veut voir »... et ce genre-là. Mais, non. L'échec causerait beaucoup plus clair à mon avis. Partagé. Moi un succès m'aurait plutôt inquiétée.

Juste prévision. Mais fausse prophétie : à Broadway off off plus tard on éclata. Ils ont la même chose là-bas mais de meilleures oreilles. Ou c'est plutôt à dire les fesses moins serrées. Je les connais. Après tout je suis leur compatriote par alliance, par choix culturel, par nom, car j'ai gardé celui de Benjamin –

et, oh, la joie, inattendue, quand je me suis vue d'un trait de plume débarrassée de celui que j'avais jusqu'ici porté et qui était le sien à lui, mon père, sa marque de propriétaire tout mort qu'il fût, et je me suis sentie à l'imprévu si gaie et légère que j'ai volé dans les bras de Ben ce qui n'a étonné personne, après tout même expédié c'était un mariage. Sauf lui, un peu, que je lui dise si éperdument merci. Mais de quoi dit-il, I love you.

– Pour ton nom.

– Well c'est un nom très ordinaire, il y en a quatre pages sur le phone book de Washington D.C. tu vas voir. Et je vis,

à l'arrivée, après l'extravagante traversée, entassés sur ce cargo loqueteux dont c'était sans doute la dernière me disais-je, et me demandais comment il arrivait à tenir tout seul sur le grand océan; et où rien ne manqua d'inconfort pas même le risque d'être coulés. Ni les larmes unanimes y compris miennes sur le pont quand surgit devant notre nez ce vieux clou de Statue de la Liberté, qui pour le coup l'était vraiment.

Me réveillant sur les rives d'un verdoyant campus comme ils ont, honorable épouse d'un professeur en sciences de communication ce qui ne me surprit pas : communiquant il était. Il me communiqua une bonne part de son savoir. Ma voracité l'enchantait, il me disait son meilleur étudiant, et m'aida à me jeter dans toutes les branches à portée.

C'est fou ce qu'on peut apprendre dans ce pays, pas comme ici. Pas des mots. Des choses. J'acquis des tas de techniques, et surtout, des manières d'approche, qui me donnèrent ici une belle avance. Je revins bardée de très utiles petites machines, à son et à images, dont il y avait plein la maison. Quittée, la maison, vendue, quand je fus informée par voie officielle que je jouissais du statut de veuve de serviteur de la nation : Ben, disparu dans les sables africains. Jamais retrouvé. Le diable sait ce qu'il était encore allé foutre par là-bas, quel sauvetage ou quoi, pour quelle de ses organisations humanitaires; ou autre. Je l'ai romantiquement soupçonné d'être agent secret intermittent, avec absences mystérieuses, dont la dernière – comment s'était-il autrement débrouillé pour, m'ayant ramassée quasiment à la baille sur le port du Havre, en train d'essayer désespérément de me trouver un bateau pour fuir ce continent où s'avançait l'infamie triomphante; livrée à mon dieu personnel, et prête à tout y compris j'avoue le pire, et c'est le meilleur que je reçus, pour quelques belles années – comment s'était-il débrouillé pour m'embarquer en coup de vent ou pour mieux dire de foudre, avec papiers sortant des manches et tout? je ne lui ai jamais posé la question, ça ne se fait pas, je pris ce que le hasard m'offrait. Devins leur compatriote par alliance, par nom, par goûts, et par une plus que moitié de cœur : bien qu'une part sans doute fût pour l'Amérique, je l'ai bien aimé ce dingue. Le temps qu'il m'est resté.

Peut-être un jour il va resurgir, eh bien, je serai là. J'ai laissé mes pistes. De temps à autre, je vais les rafraîchir.

Parfois, confrontée à l'état zombique et racorni de mon pays natal je me demande pourquoi je m'y suis diable refourrée. Bien sûr sans Ben ce n'était plus pareil là-bas. Je trouvais tout trop grand, je n'arrivais pas à remplir les vides qu'il avait laissés. Mais quand même.

Et puis ça me revient : Ari. Retrouver Ari. Qui n'existait plus. Mes hommes sont des fantômes.

De New York et autres lieux – où je m'éternisai, cherchant des signes, revenant sur mes traces, laissant des messages, aux vieux amis que je pus retrouver (ils bougent comme des puces ces gens-là), aux murs aux arbres rouges au vent au ciel aux oiseaux qu'on n'a pas ici – nous pouvions miser sur un fier retour : la route de la mode nous était ouverte et c'est ce qu'il faut ici, avec la mode plus besoin de s'occuper de quoi ça parle. Avec la mode ça parle forcément de rien, enfin si, de la mode. Nous avions des offres. Nous avons choisi Bruxelles, la bonne ville. Puis fait le tour de notre chère frontière, et à la fin l'avons franchie, pour tourner. En province. De Paris il y a des trains pour partout pour qui veut.

Pas qu'on faisait la mauvaise tête, c'était seulement pour s'amuser. A l'arrogante cité qui, avec sa gestion d'épicier de bulldozer et de gabelles est parvenue à bazarder à peu près tous ses artistes (qui l'ont tant et si longtemps aimée), il ne faut pas manquer l'occasion d'indiquer la place qu'elle a fini par se tailler, en lanterne rouge de l'Art.

Pour les malchanceux de la Générale on n'avait pas de rancune. C'était notre faute. On les avait pris en traître. On ne leur avait pas tout mâché d'avance.

Plutôt, on leur savait gré d'avoir, à notre expérimentation sur eux, si clairement répondu, et donné leur verdict :

« On ne parle pas de ces choses. »

VII

PARLONS-EN

– Mais est-ce que je peux ? dit Louise. Rentrer. J'étais avec eux, je me suis laissé perdre à la sortie, faut dire ils filaient comme des dards... Non je ne peux pas; je ne peux plus...

– Ne rentre pas dis-je, j'ai toute la place.

– Eh bien te voilà perdue pour de bon, dit Julius, et elle le fut.

Le resta. Il faut du temps.

– Ils n'ont pas du tout aimé ça. Ta pièce. Surtout lui. (« lui »)

C'est comme ça qu'elle a commencé, et moi flairant la piste, à quoi j'ai acquis une sorte de nez d'Indien, d'ailleurs c'est pas difficile. Il y a des symptômes : rien que le ton pour dire « lui » déjà; je connais. Je pris la relève, me mouillant jusqu'au cou. C'est lorsque je me mets personnellement sur le tapis bien en vue que les petites souris sortent de leur trou, elles ne se montreront pas autrement, qu'assurées de n'être pas seules, monstres maudites, de leur espèce, comme elles l'ont cru si longtemps, et moi donc !

Louise avait depuis ses cinq ans (cinq ans seigneur !) pour autant qu'elle pouvait repérer : « Je n'ai d'abord pas compris ce qui se passait, il disait pas un mot », un papa frotteur nocturne, « Il paraît que c'est un classique lui dis-je, moi le mien c'était le matin pendant que ma mère était au boulot », « la mienne avait un sommeil de plomb », dit-elle. Lequel papa pour célébrer son dix-huitième anniversaire majoritaire, avait fini par entrer.

– J'avais dix-huit et un jour quand il a, euh, il m'a...

Je suggérai : terminée.

– Achevée dis plutôt. J'étais décidée à me barrer c'était trop, mais comment? je ne sais rien faire, j'avais juste fini mon bac. Je ne suis pas très douée. Peut-être pas bien courageuse non plus.

– Ou épuisée? ça use cette vie-là.

– Ouais ça se pourrait... Tu es gentille de me dire ça... Et, je pensais : ma mère, qu'est-ce que je lui dirai? Rien. C'est décidé tiens. Je ne lui dirai rien, elle comprendra jamais c'est triste. Mais aussi, pourquoi avait-elle le sommeil si lourd?... En tout cas moi, plus possible. Maintenant. Merci, hein! Tu peux pas savoir. Elle sourit enfin.

– Oh si.

– Je veux dire pour la pièce. Même s'il n'y avait eu que la pièce. Qu'est-ce que je me sentais mieux, j'en pleurais. Après je me suis retrouvée toute forte. Bon, quand même pour qu'elle ne me croie pas sous un autobus je vais téléphoner. Demain. A lui. A son bureau de plus tout jeune cadre dynamique, en haut de sa tour. Et qu'il se débrouille avec elle. Lui (« lui ») il sait pourquoi je ne suis plus à la maison. Et il sait que je suis majeure il m'a, euh, majorisée lui-même. Il peut plus rien, bye, bye. Et je cherche un boulot n'importe quoi. Comme c'est facile tout d'un coup...

C'était sa première sortie sans son bœuf.

Ça change la vie je peux dire.

Pour ce qui est de moi elle avait des délais pour le trouver ce boulot n'importe quoi. C'est un tel plaisir à regarder, quelqu'un qui se met à respirer. Qui cavale dans la maison, qui rit d'un rien, qui chante. Elle révéla une voix étonnante, qui la surprit elle-même, et fut reconnue comme vocation.

– Où ça se cachait ?

Eh oui. Le souffle, c'est l'âme.

J'étais fascinée.

Je croyais me voir moi.

BŒUF PRENANT SON VOL

Moi, voici une bonne douzaine d'ans, à ma première sortie bafouillante et trébuchante et j'en ai peur, rougissante – rougir devant Margot, c'est un monde : ma vieille copine de fac, avec qui j'avais des entretiens élevés, sur tous les sujets. Sauf un. Margot qui vient d'annoncer parmi les souvenirs d'enfances malheureuses un papa bêtement fesseur et je dis, nostalgique : « Oh moi le mien il me tapait pas... », et, soupir : « mais c'était pas mieux... ». Et, allons, encore un effort : « Plutôt pire... », et elle de s'exclamer, révoltée : « Merde on voit que c'est pas sur toi que ça tombait ! » Puis, à retardement alertée par ce « pire » inacceptable :

– Il te faisait quoi alors ? et là moi qu'est-ce que je dis ? Il me, il m'a, il m'a quoi ? Le ruban ?

Toujours pareil. Les sacrés mots, ou que j'ai pas, ou qui me feraient gerber. Et sans voix je reste, nez baissé joues brûlantes et mal au cœur. Avec espoir que la litote, si assez longuement suspendue, cause toute seule, et elle le fait :

– Ah. ÇA ? dit Margot. Je secoue la tête oui : ça. Voilà un mot formidable, ça. Ça sert à tout.

– Il t'a violée ? fonce Margot bulldozer.

C'est là l'ennui : « ça » sert trop à tout. C'est

malheureux que c'est toujours le truc à la hussarde qui vient en premier à l'esprit de tout le monde.

– Euh, enfin, pas exactement... Mais ça revient au même...

Pourquoi je réponds pas oui simplement et c'est marre ? Au lieu d'aller m'embourber dans des exactitudes, dont je ne serai pas fichue de sortir ? Pourquoi je tiens tant à préciser que « ça », il a pas fait je comprendrai jamais, je veux lui rendre justice ou quoi ? Il serait temps que je me pose la question. Puisque « ça revient au même ».

Eh non. Pas exactement.

S'il m'avait comme elle dit ce serait clair : il m'a violée. La brute et la victime. La force. Tout le monde pige. Je ne serais pas autant dans la merde avec mon histoire.

« Attachée c'est encore plus confortable. »

Il ne m'a pas attachée le salaud.

Oui oui. Les cordes à l'intérieur c'est vicieux. Elles serrent pareil mais on ne les voit pas, suffit de les nier. Et allez donc ensuite dépatouiller les nœuds et retricoter tout le bazar ! « Et qui te croira ? On ne croit pas les enfants », comme il disait si bien jadis et ça n'a pas changé : toujours en service les chiens et chiennes de garde continuent d'aboyer sur les mômes prises dans le piège paternel : « Elles sont toutes consentantes ! » C'est ça qui tue, le coup de grâce quoi. Cette suffisance, qui du haut d'un savoir prétendu renvoie la môme au trou, et moi, d'avoir ouvert ma bouche après quinze années muettes je dois appeler ça une victoire. Ok. Victoire. Alleluia. Faut fêter ça merde. J'écluse tout mon picrate suivi d'un second et cetera. J'ai la colère gaie. Et voilà que je respire ! J'avais oublié ce que c'est. Depuis le temps. Je perds du poids à chaque verre – vingt dieux, mon vieux bœuf se serait-il mis à pousser des ailes? des ailerons. Les yeux ravis au ciel je le contemple là-haut dans mes vapeurs éthyliques, en train de s'essayer au vol.

– C'est vraiment des porcs dit Margot, restée au sol.

– Des? t'en as plusieurs?

– Une. Je te dis pas qui elle m'a fait jurer de garder pour moi. Carrément sautée, à quatorze ans.

– C'est tard, je dis.

– Ah tu trouves!

– Moi c'était vers les huit...

– Merde, une petite môme.

– Eh, c'est le bel âge!

Margot se tait, je l'ai sciée. Moi aussi : en voilà une réflexion, je n'aurais jamais attendu ça de moi.

– Faut les comprendre, je dis, sur ma lancée et les brumes du vin. C'est si tentant une petite fille, ça grouille là, c'est à portée de la main, c'est à eux, ils y résistent pas... Ce qu'il faudrait en fait, c'est jamais leur mettre ça sous le nez.

Margot se marre. Elle a compris : je blague.

Je ne blague pas.

– Mais qu'est-ce que tu as fait?

– Qu'est-ce que je pouvais faire? A part le tuer. C'est le seul système, mais j'avais pas les outils pour... Est-ce que je te fais jurer le secret? dis-je virant de bord. Sais pas. Je m'en fous je crois. Non, jure pas. Que ça se sache donc. Raconte-le à tout le monde tiens. De l'air!

– Elle ma copine c'est à cause de sa mère, qu'elle ne peut pas le dire.

– Ah oui. Les mères. C'est notre croix.

Les. Notre. Me voilà collective. Dieu bon.

– Si elles le savent elles se jettent par les fenêtres

tu comprends. C'est ce qu'il m'avait dit. Et va risquer ça! Tu peux jamais être sûre avant qu'elle soit arrivée en bas.

« Par délicatesse, j'ai perdu ma vie. » Allons, pas toute, peut-être.

– Mais je ne la vois plus. Je l'ai abandonnée.

– A cause de ça?

– Sais pas. J'ai pas fait exprès. Un jour je ne suis jamais revenue.

Margot se re-tait, re-sciée. Abandonner sa mère, ça ne se fait pas. Surtout pas exprès. Ne se faisait pas, dans ces temps anciens. De nos jours on abandonne sa mère comme ça ploc. Sauf si elle a une bonne machine à laver. Passons,

pour l'heure jouissons du bonheur de n'être plus unique. Deux on est. On avance, doucement, vers la « pratique courante dans les familles ».

Evidemment si tout le monde doit attendre d'avoir enterré ses mères et toute sa parentèle ascendante descendante et collatérale pour dévoiler une affaire qui y foutrait la panique on n'y est pas encore. On peut juste rêver.

Je regarde mon bœuf là-haut, il plane maintenant, je me dis, s'il s'en envolait comme ça de partout ils pourraient se mettre en triangles migrateurs, ce serait de toute beauté. Va petit va, tâche de retrouver tes copains.

– Quels copains? dit Margot, voilà que je parle toute seule je suis vraiment schlasse.

– De mon bœuf. Il y a bien quinze ans que je me promène avec un bœuf sur la langue, il vient de s'envoler. C'est son baptême de l'air. Merci!

Cette scène naïve se situe voici très très longtemps notez. Dans cette époque reculée le truc restait complètement bouclé à l'intérieur des foyers respectables. Aujourd'hui il n'en serait plus de même. Aujourd'hui c'est la libération sexuelle, aujourd'hui tout le monde dit tout à tout le monde bien haut tout le temps tout content. Aujourd'hui les gamines tronchent leurs pères et c'est eux qui trimbalent un bœuf. Non?

– Finalement j'étais plutôt moins mal lotie que toi, reconnaît Margot. A moins que, ces fessées... si on creuse... oh mon Dieu j'y songe! mes yeux s'ouvrent à retardement, et elle part en fou rire.

– Creuse creuse ma belle, ça fait du bien.

– Ah, soupire-t-elle. J'aurais jamais cru que je pourrais trouver ça drôle.

Moi non plus.

AVEC ART

UN jour futur je suis tombée sur un trésor : *l'Elu*. Du grave Thomas Mann. J'ai rarement ri avec une aussi belle santé. Ah le roué ! Ah, le subtil.

A première vue, ça paraît loin de mon histoire : un inceste aristocratique qui fait des petits incestueux qui et cetera éventuellement, et l'inextricable nœud de parentés que cela produit, qu'un ordinateur n'y retrouverait pas les siens. Avec un Pape par-dessus la pile. En plus il y a amour entre ces gens-là pas comme chez nous c'est pas des vicieux et ils sont tous consentants entre eux ils ne se menacent pas d'assassiner leurs mères par les fenêtres ni de se foutre en cages médicopénales. Ils n'ont à redouter que l'Enfer. Et pour finir, ils y coupent ! Y a pas de justice même divine.

Bien que, pas gratis, c'est précisé, le pécheur passe dix-sept années sur un rocher sans rien à bouffer, et devient une sorte d'insecte. Et voilà, à petits coups de patte félins, de charme, de génial humour et de beau style, tout l'édifice tragico-gréco-chrétien par terre. Ah la dérision. Ah, l'Art ! Ah merci.

De tes cimes, Thomas, ma tragédie de chambre semblait avoir perdu pas mal de sa grandeur et mon nombril, de son poids.

La question, c'est le ton.

Sauf que, il faut qu'il vienne de quelque part, le ton. De très loin. Comme l'indique Thomas Mann : dix-sept ans sur un rocher sans bouffer, il faut le faire tout de même. Il parlait de la grâce lui, ok. Mais le ton, en est-ce tellement loin?

En tout cas, il faut se hisser.

Han!

AVEC UN BON SOURIRE

DES temps viendraient, que je n'apercevais pas encore – jusqu'à ce que les mots coulent de ma bouche comme lait et miel il passerait bien encore cinq ou six couples d'ans – où, quand on m'aura trop échauffé les oreilles avec des Le Père, La Mère, extrêmement Majuscules et Sacrés, je laisserai tomber paisiblement dans le bénitier avec un bon sourire :

– Moi, j'avais un père incestueux.

Ça jette un froid. La chose, bon, c'est pas nouveau ils s'y sont faits finalement. A bien fallu. A force de prendre des baffes. Mais le bon sourire, ils aiment pas : si c'est « ça », qu'au moins on ait la décence d'être hystérique !!!

Non mais. Faut pas leur laisser toute la chaussée quand on dispose d'un modèle grand sport.

AVEC DES GANTS

– Mon oncle au moins me disait qu'il m'aimait. Son frère, lui, ne m'a jamais chanté pareille musique il n'en avait rien à faire de ces mômeries, tout ce qui l'intéressait lui c'était sous ma ceinture, qu'il appelait l'érotisme. Quand la romantique idylle avec son cadet a été découverte...

– Attends attends que je m'y retrouve : le frère de ton oncle...

– C'est ça.

– Mais alors tu veux dire c'était, euh, ton, euh...

– Oui oui, tu y es.

Mon amie Ruth avait eu aussi une enfance malheureuse et s'en remettait mal. Mais exemptée de droit de cuissage, ça arrive aussi. Dans ces cas-là je prends des gants, pour amortir. D'où l'oncle, précaution oratoire.

Au fait j'ai même rencontré des ex-enfants heureux, je ne voudrais pas paraître déclarer qu'il n'en existe aucun. Il y en a sûrement. Mais en dépit de la vraisemblance et de ma bonne volonté je n'arrive pas à acheter chat en poche le tableau enfant-aimé-dans-famille-unie. J'ai envie de gratter. Cependant que l'autre bord n'encaisse pas mon tableau non plus. C'est les chiens de faïence. Là, mieux vaut battre en retraite carrément : le choc culturel est trop rude. Bref.

Je vois la marée de la compassion monter au visage de Ruth devant plus grande misère que la sienne, et prête à déborder. Et il va m'incomber, à moi, de la consoler de mes malheurs. Il faut colmater la brèche d'urgence : il ne s'agit pas de ça.

Je ne cause pas pour me faire dorloter. Ni pour se dorloter ensemble.

Ce n'est pas là une source de gémissements.
C'est là une source de Connaissance.

– Allons, il ne faut pas en faire un sac. C'est pratique courante dans les familles, je dis, rassurante.

– Et tu trouves ça drôle ?

– Oh pas sur le moment à vrai dire.

Sur le moment, je n'étais pas capable de lui sortir un seul mot là-dessus, à ce frère de mon père. Qui se posait des questions, ne demandait qu'à m'entendre. Peut-être à la fin soupçonna la vérité. Et moi rien, bouche cousue, bœuf.

Pourtant nous avions fini par trouver un moyen d'avoir des conversations privées.

Un jour après les cours je l'avais vu à la sortie du lycée, qui m'attendait.

AVEC DES FLEURS

– Je passais par là, dit Paul, publiquement. Mais tu préfères peut-être rester avec tes amies ?

– Oh elles je les vois tout le temps. C'est mon oncle ! je leur braille. D'Amérique ! et je file.

– D'Amérique... pas tout à fait. Mais j'y ai vécu un peu.

– C'est comment ?

– Moi j'aime. J'y retournerais bien. Mais quand on est marié on ne peut pas partir comme ça sans biscuits... Je ne passais pas par là, précise-t-il. J'ai fermé la boîte. J'en avais marre des flashes. Comme exercice de style c'est bon, mais.

– Oui. Mais. Chic on va pouvoir faire des phrases entières !

Là-dessus on se tait.

– Fais une phrase entière, je dis.

– Il fait beau.

– Pourvu que ça dure. A toi.

– Alors tu peux aussi être gaie ?

– Tiens, si la voie est libre.

– Justement, c'est pour ça que je suis passé par là, pour faire ta connaissance. A l'état libre.

– Ouais, en famille on est toujours en tas on dit jamais rien.

– Tu veux qu'on se pose dans un bistrot ?

– Je crois pas que j'ai le temps faut pas que je traîne. On prend par le cimetière, mais non fais pas cette tête c'est pas triste, moi j'y suis tout le temps. C'est plein de fleurs. Et des oiseaux, toutes sortes. Même il y a où se poser tant qu'on veut. Sur chaque tombe.

– Bon, si tu trouves joyeux de t'asseoir sur les morts j'ai rien contre, lequel veux-tu?

– Crochet-Mignon est assez confortable.

– Tu te souviens de notre dernier entretien?

– Par cœur. Tu as dit : « Pareil? »

– Tu as répondu « Oui non ». Tu m'as laissé sur le gril. Il y avait du mieux?

– Non. Enfin si. Moi, un peu, si on veut. J'ai décidé que je serais auteur dramatique, j'écris une pièce.

– Oh. Ça se raconte?

– Euh... Bon, c'est du réalisme familial. C'est-à-dire, sur la scène, tout le monde ment.

– Absolument réaliste.

– Sauf dans l'entrée.

– Tiens donc. En flashes?

– Bien sûr bien sûr. C'est comme ça qu'on se rend compte qu'ils mentent ailleurs.

– Dis donc, mais c'est du vrai théâtre! Et la vérité c'est quoi?

– On le dit pas. Faudra deviner.

Silence. On marche dans les allées. Y a plus que les oiseaux qui causent.

– Tiens, une mésange. Deux. Et ça c'est un merle. Mâle.

– En Amérique les merles sont bleus. Et les rouges-gorges énormes. Ils ont aussi des oiseaux complètement rouges. Ils ont beaucoup de bêtes, qu'on n'a plus ici.

Je décidai que j'irais en Amérique.

– Faut qu'on se quitte, je dis, aux portes Froidevaux. Dans la rue on risque de tomber sur eux... On est clandestins hein?

– Je crois, oui...

On s'embrasse comme du bon pain.

Je suis toute contente. Je m'envole. Je peux aussi courir de joie.

– Lundi?

– Oui! Chez Crochez-Mi...

Coupez. Les voilà. Clandestinité.

– Tu as raison que c'est pas triste un cimetière. J'ai cru d'abord que tu avais des pensées morbides.

– Moi? Ben si j'avais des pensées morbides en plus, où j'irais!

– En plus de quoi?

Silence de mon côté. Il n'insiste pas. Se penche sur une tombe garnie de frais, m'interroge de l'œil, t'en fais pas je fais le guet. Il fauche un bégonia rouge à la famille Bic et me le tend avec cérémonie.

– Sacrilège.

– Oh moi j'ai fait tout mon herbier ici. Herbier sacrilège. Et ma collection de pierres. Impie. Ça tu vois c'est du porphyre du Labrador, ça du grès d'Alsace, ça du calcaire. Très ordinaire mais c'est ce qui fait les plus belles vieilles tombes.

– Tu es un puits de science.

– Absolument. Dans ce qui me plaît. Les pierres ça me plaît, ça ne fait de mal à personne.

– Il y a tout de même d'autres choses qui te plaisent, que les pierres?

– Oh là là si on se met là-dedans on n'a pas fini, faut pas que je tarde trop.

– Tu ne fais jamais d'écarts?

– Pas en ce moment, en ce moment je suis parfaite.

– J'ai remarqué.

– J'ai remarqué que tu remarquais.

– J'ai remarqué que tu remarquais que je remarquais...

– Moi aussi.

– Rien ne nous échappe hein?

– Ouais. On se cause bien. Même en muet.

– Rien ne nous échappe peut-être. A part que je comprends rien, dit-il, et attend que je prenne la relève.

Je ne la prends pas.

Et toujours comme ça. Un moment, ça bute. On achève la balade sans parler. On s'embrasse comme du bon pain et je m'envole.

– Demain?

– Non. Pas école demain. Hélas...

DIALOGUE DE MUETTES

JE n'ai plus envie d'être parfaite.

Du coup la maison tombe en morceaux : ils ont perdu l'habitude d'y mettre la main. C'est-à-dire, elle. Parce que, lui, il l'a jamais eue. Il se contente de garder celle du supplément esclavagiste récemment acquis. Et sa femme regimbe : « Je ne suis tout de même pas ton boy ! » Tiens elle s'aperçoit qu'il charrie, quand c'est pas moi qui trinque. Marrant. Je me marre dans ma chambre.

– Je travaille, moi ! entends-je.

– Moi aussi je travaille ! ça c'est moi, convoquée, et regimbant de même. Et elle, à moi, qui n'en fous plus une broque :

– Mais qu'est-ce que tu as ces temps-ci !

– Des devoirs. Moi quand je rentre moi j'ai encore les devoirs à faire.

– Tu as le jeudi.

– L'après-midi j'ai les scoutes. Je fais exprès de bien sortir « l'après-midi ». De façon que la réplique d'après soit :

– Et le matin ?

Là, silence. De mort. Préparé, encadré. Théâtral. Tombant comme un pavé. J'ai appris à faire des effets.

Oh je pourrais dire : je travaille. Ce ne serait pas

faux complètement, il ne me prend pas tout le temps – encore que, il me casse pas mal la concentration. Ou inventer n'importe quoi, une fois j'ai failli dire : je vais à la messe. Rien que pour voir sa gueule, à lui. Qui suit ces petits échanges d'une oreille très attentive.

Mais je ne vais tout de même pas, non, fabriquer un men-son-ge sur mesure pour le mettre, lui, hors du coup ! Je ne veux pas. Pas remplir ce jeudi matin, le laisser béant c'est ce que j'essaye. Alors il bée, voilà.

Encore un coup nul.

Un dimanche, toutes les deux dans la foutue chambre changeant les draps (pouah, je hais changer les draps, ils sentent de lui) et elle se plaint de migraine, et que je lui laisse tout sur le dos et qu'est-ce que j'ai donc ?

– Pourquoi tu lui demandes pas à lui d'en faire un peu aussi, je lâche, courageusement, il a plus de temps que *nous* – avec appui sur le « nous » exprès, nous toi et moi, dans le même sac. Et lui dans l'autre, celui des cossards.

– Qui, lui ? Dire papa ça t'écorcherait la bouche ?

Silence de ma part, traduction : oui ça me l'écorcherait. Mais elle traduit pas mes codes, depuis le temps que j'émets, que je clignote comme une voiture de flics, les pompiers. Un phare. Une ambulance, c'est ça : Au secours !

Pas dire, ok. Pas jeter par la fenêtre. Mais mettre des signes de piste, et qu'après elle se débrouille à flairer toute seule. Hélas son flair si fin il fonctionne pas dans ce sens-là – qu'est-ce qu'elle a mais qu'est-ce qu'elle a donc dans le crâne ? Dans le cœur. Elle qui s'est si longtemps sacrifiée pour moi (vrai, vrai !), ce serait pourtant le moment de me sortir du bouillon !

Elle l'aime, c'est ça? Merde l'amour si c'est ça je n'y toucherai pas avec des pincettes au truc.

Quand même. Pas à ce point-là, pas elle. Elle est une rebelle après tout, d'ailleurs elle se rebiffe, et les mots irréparables à travers la porte (jamais devant moi oh là là! jamais devant les enfants), vraiment vache elle peut être.

Elle veut à tout prix une famille unie avec le respect (le mien) et l'harmonie? C'est son point d'honneur? (ça l'honneur elle en tient un paquet).

Merde l'honneur si c'est ça.

J'alignais les hypothèses. Je m'interrogeais et je m'interrogeais, j'essayais de lire sa figure (« Ne me regarde pas comme ça je te défends de me regarder comme ça! », elle ne supportait pas), alors tu peux pas te demander pourquoi? me demander? Mais elle disait rien, jamais rien, ah elle ne me causait pas comme à une personne celle-là non, j'étais une môme et que je le reste, bien que je l'étais de moins en moins.

Ce qu'elle a pu me faire de soucis cette femme.

LA LEÇON DU CHAT

UN jour, j'eus un chat. Je l'aimais. Ce chat se mit à faire la gueule, se cacher dans les coins et moi – avec moi les bêtes font ce qu'elles veulent n'est-ce pas – moi : il n'est pas obligé de m'aimer sans arrêt il a le droit de vouloir être tranquille, et je lui fous la paix dans son armoire. Jusqu'à ce que l'endroit dégage une odeur épouvantable. Grands dieux! je le tire de là le fourre dans son panier il ne résiste même pas et un dimanche, à la seule clinique trouvée ouverte, très loin, très cher et peu importe et en effet : « Comment avez-vous pu le laisser comme ça? » me dit le vétérinaire, méprisant comme ils peuvent être avec les gens qu'ils soupçonnent de négliger leurs animaux, et moi la tremblote aiguë. On l'a rattrapé de justesse. Après quelques jours ramené à la maison, guéri, dans mes bras (je ne le lâche plus). Je le regarde, je lui dis : « Comment j'ai pu te faire ça? Moi qui t'aime. » Et il me répond : Tu avais peur.

J'avais une trouille de tous les diables que je ne voulais même pas reconnaître. J'avais tellement peur qu'il meure que je le laissais crever! Alors le chat dans mes bras ronronnant, tout à coup, je vois ma mère. Peur.

Si jamais je la revoyais je lui dirais tout : qu'y avait-il encore qu'elle pût craindre? Et tout ce temps passé entre.

Mais ni je ne le pus, ni elle ne le voulut.

INTOUCHABLE !

MON lit pas fait ma chambre une porcherie, moi-même pas très nette et rien qui va plus.

– Tu sais je crois que tu es vraiment folle, dit-elle.

– Oui. Il lève les yeux de ses merdeux cours boursiers. Je me demande s'il ne faudrait pas la montrer à un psychiatre. Elle devient par trop instable.

– Lundi, ok ?

– Oh oui, oui !

– Ça allait mal samedi hein.

Le samedi ils viennent dîner, c'est devenu une habitude. Ou bien ils vont à la campagne, Paul et Gina ont une baraque.

– Oui. Mal.

– Qu'est-ce qu'il y a eu ?

– Oh... Je fous plus rien dans la maison de toute façon.

– J'ai remarqué dit-il, et rit un petit coup. Puis, fâché : Mais quand tu faisais tout ce n'était pas mieux alors quoi qu'est-ce qu'ils ont ?

Je m'assois sur Trébuchet, et lui à côté. On se

tient la main, pour la chaleur humaine. J'en ai salement besoin.

– Quand je vois ces pierres, surtout les non polies, je me dis que je veux être sculpteur plus tard.

– Qu'est-ce que tu ne veux pas être plus tard dis-moi plutôt ?

– Bof. Vaut mieux pas en parler. Sans doute je serai rien du tout et je finirai chez les fous.

– Qu'est-ce que c'est que cette idée idiote ?

– Ils veulent m'emmener chez le psychiatre. Et tu sais, une fois là...

– Quoi ? mais ils sont dingues ! C'est eux qui le sont oui, y a pas plus sain d'esprit que toi !

– Tu trouves ? dis-je rassurée d'abord, et puis : mais, tu pourrais le prouver ?

– Et comment !

– Comment ?

– Ça crève les yeux quoi !

– Les tiens peut-être mais...

– Nom de dieu, il éclate en fureur, tape sur le carrare ébréché et s'écorche la patte, pourquoi ils sont comme ça après toi, moi je ne vois pas ce qu'ils peuvent te reprocher !

– Je suis « instable ».

– Ce serait inquiétant que tu ne le sois pas à ton âge ! Je trouve qu'ils ont de la veine d'avoir une môme comme toi, moi. Ils ne te méritent pas tiens. Moi je, moi... Moi je t'aime dit-il, murmure-t-il et me prend la tête. Se penche. Je deviens toute raide, ciel il va m'embrasser ! je me dresse d'un bond. Il se lève misérablement. Je recule.

– Non non. S'il te plaît. Et comme il reste tout pantois les bras vides : Pardon ! Je ne peux pas...

Sa main saigne, j'aimerais la prendre. La lécher. Faire un pacte. Mais vaux mieux pas, dans l'état actuel des choses.

– Mais je t'aime, dit-il. C'est vrai vrai. C'est arrivé.

– Moi aussi! et je m'enfuis à toutes jambes.

Ecoute écoute lui dis-je quand il ne peut plus m'entendre, c'est déjà un miracle que j'aime quelqu'un faut pas m'en demander plus je ne peux pas je ne supporte pas qu'on me touche faut pas m'approcher je n'y peux rien c'est comme ça!

Je suis une intouchable.

Cette pensée ne me rend pas heureuse.

PIED SUR TIGRE ABATTU

JE fais une révolte subite. Non prévue. Impréparée. De l'improvisation. N'importe quoi. En pleine régression. Je ne veux plus!

Il avance sa pogne, entre ses deux doigts saisit mon poignet comme il m'a montré une fois. Son foutu jiujitsu. Ça fait mal. Mais quoi, il n'ira tout de même pas jusqu'à la casse? Trop voyant. Il n'y aura que douleur. Douleur tant pis. Je hurle à pleins poumons. Mais nos vieux murs traditionnels n'ont pas d'oreilles, sauf pour le piano nocturne et un père qui bat sa fille ça ne fait pas de vagues. Lui ma musique ne le dérange pas au contraire, ça met de l'animation. On en manquait justement ça devenait d'un morne par ici sous le coup de la perfection. L'action ça lui plaît, on mate la rébellion ouverte c'est très gai. Et, la force ayant à la fin triomphé ainsi qu'elle doit, et sa scène en place, pied chasseur sur tigre abattu, il étale sur sa face le sourire du chat qui a attrapé sa souris.

Quelle idiote non mais quelle idiote pourquoi je fais ça? Qui lui redonne du cœur à l'ouvrage. Alors que. Peut-être. Qu'il était en perte de vitesse je tenais le bon bout, le truc du devoir accompli (expédié pour tout dire) laissait entrevoir une issue fatale. Pour lui. Si réjouissante. Bon, pas pour demain, il se débrouillait encore pas mal, dieu j'aurais dû persévérer, qu'est-ce que c'est que cet héroïsme subit !

Mais ah, ce n'est pas moi. C'est mon sale corps, il a des réflexes malheureux. Un accès de sincérité. Sincérité ! le sot. Il veut dire son mot. Il se croit fort peut-être ? Il a grandi, d'accord. La défaite c'est pour après, ça ne crève pas autant les yeux qu'autrefois alors il croit il espère, s'élance au combat ah c'est malin, et te voilà maintenant bien avancé crétin, pour finir réduit, comme lorsque tu étais moucheron. Avec un bras mort en prime. Et un adversaire régénéré par ta démonstration d'impuissance, regarde-le : la joie retrouvée. Et moi, moi, où je suis ? Moi, je suis en pièces détachées je ne cohabite pas je suis incompatible.

« Et au matin, le loup l'a mangée. » C'est drôle cette petite histoire bébête, depuis toujours, comme elle me touche...

– Tu vois que c'est pas la peine d'essayer tu n'es pas de taille. Tu m'empêcheras pas. Tu ne peux rien y faire. J'aime ça.

– Pas moi !

– Allons allons, voyons.

– Je te déteste !

Il relève sa tête.

– Je m'en fous.

Au moins c'est des rapports francs, comme il dit.

Défaite numéro x, j'ai perdu le compte.

– Je vais te dire une bonne chose, non ne te barre pas (il me maintient), c'est important. Pour toi. Il n'y a aucun rapport entre ça, et les sentiments. Les sentiments c'est de l'illusion. Ça, c'est de la réalité, retiens l'idée elle pourra te servir. Je ne veux pas de mal. Je te veux du bien. Je ne pouvais pas te laisser comme ça reconnais-le.

Même si tu ne l'avoues pas. Tu sais que je te fais du bien.

– Non! Pas de force. On ne fait pas du bien de force!

– Vas-y, pense, fais marcher ta petite tête. Mais là, ça dit autre chose, ça dit la vérité, là. Ça ne fait pas de politique. Tu veux revoir la leçon?

– Non! Laisse-moi!

– Tu as peur hein? Tu as peur de la vérité?

– Bon, va-t'en. Tu es libre. Va penser.

Je suis allée et j'ai pleuré.

– Celui-là c'était vraiment une ordure. Y a pas de mot, dit Marthe.

Je suggère « infamie ».

– Du bien! non je vous jure. Dire ça à une môme.

Une môme une môme, j'avais passé les quatorze lors de cet incident, je me trouvais pas mal grande. Ce genre d'engrais active l'éclosion.

– Il y a de quoi démolir quelqu'un à vie. Je te trouve plutôt dure à cuire.

Elle ne sait pas tout. Moi je dirais que mes restes tiennent à peu près debout. « Indestructible car détruit. » Marthe va et vient dans la pièce, en proie à une rage, non inhabituelle chez mon public, composé le plus souvent d'une personne : je suis devenue une façon de barde sur la question mais n'en suis pas encore à donner des conférences. Encore moins des précisions topologiques, ça, ça ne passe toujours pas. Je n'ai livré à Marthe que le discours, pour discussion. Sur : peut-on faire du bien de force. J'étais assez intello. Bien qu'intello aussi, Marthe trancha émotionnellement :

– Non ! c'est pas possible. Ou alors où on va ?

C'est vrai : où on va.

– Moi au moins dit-elle, le cours de morale m'a été épargné. Ça se passait à la muette. Si on peut avoir des préférences ce serait plutôt moins pire.

Je me réjouis de, par la méthode comparative, lui avoir apporté quelque apaisement.

Elle avait écopé un ordinaire papa tringleur, tardif et occasionnel. Repentant en plus. Une fois découvert bien sûr : Marthe, ayant compris qu'il lorgnait vers la sœur puînée, avait héroïquement sauté dans l'arène, semant la pagaille dans la famille. Le truc on peut, vaille que vaille, assumer pour soi. Pour les autres, on ne peut pas.

Les repentants j'aime pas. Après ils se font pardonner, le repentir c'est pour ça n'est-ce pas, et embrassons-nous et larmes générales et happy end et escamotage et c'est l'eau de boudin. Ils polluent le principe.

Moi ce qui m'intéresse c'est le principe.

J'ai gardé le principe à l'état pur jusqu'aux derniers adieux moi.

Pas pour la vengeance. De sentiments je n'avais plus de reste, l'inexpiable dernier coup m'avait raclé le fond. Tout ce que je demandais c'est que, lui, il disparaisse de mon champ. Loin des yeux loin du cœur.

Pas de futile satisfaction revancharde, pas de salades rien. Pas de bavures dans la scène finale. Que ce soit ce que c'est.

Juste pour la netteté de l'épure.

VIII

PERVERSION SEXUELLE

– Qu'est-ce qu'il a? demande sa belle-sœur.

– Encore des traites impayées? ricane son grand frère.

– Plutôt sa petite dernière l'a balancé, dit sa femme.

– Merde dit Paul, l'œil sombre. Si vous croyez que vous engendrez la gaieté vous autres.

Moi il ne me regarde pas.

Il ne s'est plus montré à notre tombe de ralliement, ni ailleurs. J'ai attendu attendu et cherché cherché. Quand je lui ouvre on se fait des têtes en bois, sans aucun flash. Inspiration tarie. Il ne me veut plus si je ne. Du coup je n'ai plus rien du tout dans ma vie, c'est d'un triste que je n'en peux plus, je vais casser. Je casse. Tant pis. S'il n'a plus envie de me voir sans des baisers il ne me restera qu'à tomber carrément dans le désespoir et je ne sais pas ce que ça donnera, avec moi. Probablement très mauvais.

Je me fous à l'eau. Il faut au moins savoir. « Demain est-ce que... », merde les voilà déjà, je ne sais pas si j'ai vraiment entrevu une lueur dans ses yeux il a repris la pose à la seconde, pour ça il est bon lui aussi.

Il est assis sur Crochet-Mignon.

Non il ne m'en voulait pas. Il s'en voulait, il n'aurait pas dû. Il me croyait fâchée moi, il était malheureux c'est tout. Très.

Moi aussi. Très très.

Il ne s'imposerait pas. Fini. Ce serait comme je déciderais.

– Me voilà. Mais...

– Je sais. Oui oui ne dis pas n'aie pas peur. C'est toi qui commandes.

Je le fais. Je prends sa main. Moi. Elle est brûlante.

– C'est guéri?

– Quoi? Ah oui. Il y a eu le temps tu sais.

Je guide, je nous mène sous le grand marronnier des Taillandier, où on n'est pas trop visibles, il faut seulement surveiller autour. Je le fais adosser à l'énorme tronc, j'enfouis ma figure dans sa poitrine. Voilà. Je suis bien. Il y avait si longtemps... oh Babet.

Ne bouge pas, je dis.

Je prends, moi, sa tête dans mes mains. Je l'embrasse, moi, sur les lèvres, tout légèrement.

Ne bouge pas toi ne fais rien.

Il bouge pas il fait rien, se laisse faire. Je continue doucement, puis moins doucement car, cela me plaît : est-ce possible? J'attrape ses bras et je m'en entoure. Il serre.

Pas trop, je dis.

Il serre moins.

Comme ça?

Exactement comme ça. Peut-être un tout petit peu plus?

Il sourit. Je souris. On est arrivés. Repos.

Il faut que ce soit moi. Si on m'arrive dessus je ne peux pas, tu comprends ?

Je comprends, dit-il. C'est tout à fait délicieux.

Je t'aime de plus en plus dit-il, encore ensuite. Même sans des baisers. Si tu veux.

Je veux pas.

« Les sentiments c'est de l'illusion » – oh le con ! Et quand la réalité est partout crétin tu dis quoi ?

Je vais faire vœu d'obéissance, dit Paul. Je lui coupe sans arrêt la parole avec des baisers : Dieu, je ne suis pas une intouchable, dieu, merci !

Je fais vœu, dit-il, c'est fait. Définitif.

Ainsi, chaque jour où c'est possible, Paul et moi, dans le cimetière du Montparnasse, qui est vraiment un bel endroit. En mai. Plus beau qu'un jardin poussiéreux plein de bonnes femmes avec bébés hurlant secoués giflés engueulés fais pas ça va pas là touche pas ça. Et plus vivant si vous permettez. C'est le calme, qui est vivant. Fleurs. Oiseaux. Chats. Gens paisibles, avec pensées en tête. Marchant lentement. Et des pierres. Les pierres c'est vivant.

Là on était tranquilles, derrière le grand cyprès de Bixio, assis sur Noblécourt et Bigot ou sur Pigeon Galette. Sur Eugène Carrière peintre, qui s'était « préparé glorieusement à la mort » et espérons qu'il a réussi. Et notre mort préféré sous sa tombe où est seulement écrit : « A notre ami » : là on sait que c'est vrai. Une tombe sincère.

Toujours toute ma vie il faudra que ce soit moi. Que moi je décide, que moi je donne le feu vert, que moi je fasse le premier pas. Si on m'arrive dessus je me barre c'est comme ça, un réflexe, c'est musculaire. Personne n'a le droit de m'approcher sans permission. Tout ce qu'il faut pour éviter les erreurs pénibles, c'est se donner la peine de lire les yeux. C'est infaillible vous savez. Après on peut y aller carrément, on est dans la liberté réciproque.

C'est ma petite perversion sexuelle.

– Tu sais je ne suis pas comme ça du tout, dit Paul. Au naturel, je veux dire d'habitude. Je suis un fonceur moi. Un sale type. Je drague. Je rends ma femme malheureuse et je m'en tape, à vrai dire je cherche à casser, c'était une erreur de jeunesse. Je veux ma liberté, je me conduis très mal, je suis un sale type je te dis, faut que tu le saches...

– Tu es en train de te sauver l'honneur?

– Ben. Oui. J'essaye. Mais c'est pas la peine hein?

On s'est trouvé une maison. Un ravissant tout petit caveau, médiéval, avec vitraux à colonnettes comme les Livres d'Heures. D'où on a vue sur les environs, plus ou moins.

– Moi qui croyais tout savoir, de, euh, ça... Je n'avais guère oublié que l'essentiel... Mais toi, d'où tiens-tu ta science?

– Je n'ai jamais embrassé personne avant toi!

J'entends en retard mon cri de vertu outragée j'en rougis jusqu'aux oreilles je les sens chauffer. Quelle honte. Comment je peux comment j'ose. Mais Paul :

– Grands dieux non c'est pas de ça que je parle ça c'est rien! je parle d'autre chose. Comme, comme un pays. Perdu oublié. Où tu me ramènes. De force. Merci, dit-il.

Il me remercie! l'injustice et l'iniquité.

– Tu veux bien m'embrasser?

Il ne fera pas de lui-même un geste. Pas un jamais.

C'était cela l'idylle. Ce fut.

Maintenant j'ai une triple vie.

Un, une vie secrète obligatoire de débauche obligatoire avec problèmes moraux sans issue, derrière une porte fermée.

Deux, une vie officielle de bonne petite écolière et scoute catho, avec amies à qui je ne peux pas raconter la première, et en complément de programme une vie familiale en trompe-l'œil.

Et me voici en plus embellie d'une deuxième vie secrète, romantique, dans un cimetière de toute beauté.

Je ne compte pas ma vieille vie secrète de rêve que je mène depuis toujours en nocturne, avec aventures androgynes œuvres incomplètes variées dont journal intime déguisé. Où est récemment apparu un Ange du Seigneur qui m'enveloppe dans ses ailes et m'emporte dans un paradis, situé du côté de Tahiti dont j'ai sur mon mur l'image par Gauguin, et très inconforme, avec permission de goûter au fruit de l'Arbre de Vie.

LES BEAUX SILENCES

Je trouvai un truc tout simple – et pourquoi je l'avais pas trouvé plus tôt ne demandez pas. Chaque chose vient sans doute en son temps. En son temps trop tard.

Dès le petit matin prête de pied en cap, en tapinois quasi sur les talons de ma mère – dehors! Et rentrée pile derrière elle à douze heures trente. Comme ça je suis sous sa protection, qu'elle le veuille ou non.

Ça dura une fois. Le truc était pas bon finalement. Après une semaine de guerre acharnée mais parlons pas ce serait monotone, et je méritais n'est-ce pas c'est moi qui l'avais provoqué; juste avant la sortie survenu derrière moi sans bruit pieds nus en pyjama, me cravate vite fait m'embarque ruant des quatre fers en vain comme il se doit jusqu'à la chambre et me jette sur le lit. Mains prêtes à l'intervention armée.

– Tu n'as pas encore compris comment ça doit finir?

– Non.

Chaque jour est un nouveau jour.

C'est ça l'espoir.

– Eh bien tu vas comprendre.

Il est nerveux. Ne lui vois-je pas de la bave aux lèvres ? Peut-être il est devenu vrai fou, à force.

Mais qui, lui, l'enfermera ?

Jamais encore je ne l'ai vu perdre le contrôle. A son plus vachard gardant son calme malin. Vaillant capitaine menant adroitement son rafiot parmi les récifs. Ne doutant de rien.

– Tu m'appartiens. Tu me dois la vie (son sale style pompeux). Je peux faire de toi ce que je veux. Je peux te violer comme je veux. Tu vois ?

Ce coup-ci j'y ai droit. Ça va faire mal (c'est lui qui me l'a dit. Paradoxe). Pourvu qu'en plus il me plante pas un gosse merde j'ai l'âge (c'est lui qui me l'a dit). Oui c'est comme ça que je pense, je suis polaire. Après je vais à la police avec preuves ma mère se jette par la fenêtre et au diable tout.

Dressé debout dans son orgueil il a oublié ses mains.

– Tu vois ?

– Je suis pas myope ! je gueule et ce gueulant d'une brusque détente des jambes je le frappe aux rotules bien visé (Judo. Paradoxe) il trébuche empêtré dans son froc mis à bas je glisse par côté comme une anguille tandis qu'il tente de se raccrocher aux meubles, en vain si j'en crois le boucan derrière moi claquant la porte, et dehors, le galop pour ne pas changer, pensant : Pourvu qu'il se soit cassé une patte.

Aux scoutes on m'appelle Atalante. Cette fois-là j'ai dû la battre, sans doute elle avait pas un père aux trousses.

Par un itinéraire tordu au cas de droit de suite du gibier me voilà dans mon cimetière bien-aimé. J'arrête de courir, ici ça ne se fait pas – ô dieu, j'ai cavalé toutes ces rues sans culotte ! Effondrée contre le premier monument pour morts venu, étouffée par les larmes : ça, je ne supporte pas.

Me mettre dehors sans culotte, voilà ce qu'il a réussi à me faire. Je ne supporte pas.

Je ne l'ai jamais haï autant.

Je n'ose pas bouger. Pas faire un pas, maintenant que j'ai conscience de mon état. Pas sortir.

Sortir où ?

Chez Douchka on ne va pas sans invitation, Sylvie et Claudette ont des frères, pourquoi quand je pense aux frères je les vois soulever ma jupe, qu'ils n'ont jamais fait ? Au local, voilà qu'apparaît le père Lorenzi, et soulève ma jupe. Le monde entier n'a en tête que soulever ma jupe. Rentrer à la maison ? MA MÈRE soulève ma jupe.

Je sais que c'est pas vrai tout ça mais les images me sautent dessus je ne peux pas lutter, c'est l'épouvante.

Paul. Oui, Paul. Avec lui je suis tranquille. Aucune image d'ailleurs n'a sauté. Mais où est-il ? Je n'ai pas l'adresse de sa boîte. Chez lui il y a Gina. Gina soulève ma jupe. Bien sûr. Pourquoi bien sûr ? Il y aurait une étude à faire sur qui soulève et qui pas. Babet par exemple : non. Oh Babet ! Même sa tombe n'est pas ici, elle est retournée au pays, avec le petit mari.

Pas où aller c'est dur. Mais pas où aller et pas de culotte c'est l'impossible impossible. Je suis coincée foutue.

Des heures je reste. Debout. La pierre c'est pas chaud, à cru.

De temps en temps je verse à ma misère mon obole de larmes. Je suis une source intermittente. Là, il m'a eue jusqu'au trognon.

J'ai froid où vous pensez.

Finalement, je prends ma décision. Je décolle. Je constate que j'ai pleuré les quatre sergents de la

Rochelle. Un peu tard pour les pauvres pioupious.

Je marche mon petit calvaire par le square (tous les bébés vont soulever ma jupe avec leur innocence). La plaquant des deux mains, en plus il y a du vent puisque c'est mon jour, merde ma sainte mère et ses mignonnes petites robes qu'elle se crève la vue à me fabriquer à mon âge et sa pudeur mais la mode c'est encore plus sacré faut croire elle veut être fière de me montrer bien sapée eh bien c'est gagné, montrée elle m'a. Je passe soigneusement au large des chiens (les chiens!). L'avenue enfin. Le Monoprix. Rayon lingerie.

Je me fais prendre.

Ces trucs-là ne marchent que de sang-froid.

Ils ne soulèvent pas ma jupe ils appellent les flics. Quand tout s'y met tout s'y met. Les flics sont sympa, ils n'essayent pas de vérifier bien qu'on leur ait montré le corps du délit. Ils veulent seulement mon adresse, et savoir si je fais ça souvent, je jure que c'est la première fois, ils ne tentent pas de me faire avouer sous la torture car on voit tellement que j'ai honte – et j'ai ô combien, de m'être fait choper. Moi, docteur ès fauche, moi prof! Je suis vexée à mort. Circonstances atténuantes ok, panique, misère morale ok, mais. C'est justement quand ça va mal qu'il faut dominer la situation.

On attend que le téléphone réponde chez eux. Ça n'est pas le confort sur la banquette. Je colle je me décolle je recolle. Je vais y laisser la peau de mes fesses. Le défilé des criminels m'apporte quelque distraction : une vieille expulsée à qui on a coupé l'eau, un clochard avec nez en compote, une mère qui a son fils au bloc, un dont le chien du voisin a pissé sur son paillasson. Les bas-fonds.

Ce serait pourtant le bon moment pour dire :

« Mon papa il m'a... » (il m'a ôté ma culotte et c'est pour ça que). Je ne me décide pas. Ça ferait des telles complications d'expliquer pourquoi il a fallu que j'aille jusqu'au Monoprix au lieu d'ouvrir le tiroir.

Je suis ramenée à la main par un embourgeoisé avec bons conseils de ne pas recommencer et qui vole un œuf. Mon père a encore menti, ils ne sautent pas à tous les coups.

Si ma mère avait été seule à la maison peut-être je me serais jetée dans ses bras sanglotante braillante Maman maman ! Bon, elle n'invite pas les démonstrations, ne l'a jamais tellement fait, et vu les suites de guerres ça ne s'est pas dégelé et entre-temps moi j'ai perdu le pli mais qui sait, avec drame véritable et la police.

Il est là. Tout tranquille sans bave aux lèvres. Lui-même quoi. Alors moi rien personne.

– Et qu'est-ce qu'elle a volé ? demande ma mère premièrement.

Pourvu qu'il ne le dise pas pourvu qu'il ne le dise pas !

– Beuh, une broutille.

Dommage qu'il ne l'ait pas dit dommage qu'il ne l'ait pas dit. On aurait vu clair.

– Un petit slip.

Horreur il l'a dit. L'air s'est solidifié autour.

– Allez msieurdames on m'attend. Vous avez la fille et y a pas de plainte alors...

Je n'ose pas la regarder elle. Mais lui, oui : l'air absolument de rien, j'ai beau le fixer comme une arme.

– Mais pourquoi ? finit-elle par sortir.

Ah voilà : pourquoi.

Oh je pourrais inventer plein de raisons, les miens sont démodés, l'élastique a cassé il est tombé, oui ça c'est parfait. Seulement, toujours pareil : je ne VEUX pas lui fabriquer une sortie, à lui. Je ne PEUX pas dire.

On est parties pour un de nos beaux silences toutes les deux.

J'en profite pour filer dans ma chambre. Pousse la porte ouvre le tiroir me repiaute vite fait. Voilà. Maintenant je peux tout affronter. A quoi ça tient tout de même, le destin. Un misérable bout de tissu. Toute ma dignité là-dedans. Je m'avise que du même coup j'ai perdu la pièce à conviction. La non-pièce. Mais elle n'a pas soulevé ma jupe. C'est vrai je n'ai rien sous la ceinture j'aurais dû y penser. Quant à soulever moi-même, pour preuve... je ris toute seule du tableau, imaginant la grandeur de la scène : Faux-semblant 3 (Soulevant sa jupe) : « Voilà, pourquoi. » Quel coup. Mais non, on perdrait tout le mystère. Coupé. De toute façon il s'en serait tiré. Et sur mon dos. Justement j'entends, à côté :

– Bah, faut peut-être pas en faire un drame. Et puis, la police lui aura servi de leçon...

Ça y est, ça y est, il a trouvé! on escamote on prend la tangente : le corps du délit est évacué. Par la police.

– Surtout qu'elle ne paraît pas trop douée... (ça c'est pour moi, il sait que j'entends).

– Pas un drame, voler? dit-elle, estomaquée par tant de libéralisme dans une affaire aussi criminelle.

N'empêche, reste plus que le verbe. Sans complément. D'objet.

– Viens ici! Pas la peine de te cacher. Tu vas le dire pourquoi tu as fait ça? Tu ne manques pourtant de rien il me semble?

Ainsi aucune idée vilaine ne l'a traversée, elle se défend seulement contre des reproches imaginaires, ah qu'elle a peu de perversité!

– Qu'est-ce qui t'a pris? Réponds! Tu vas répondre, oui?

Elle ne peut pas lâcher. Je la rends folle. Ma foi, je la comprends : je suis pas possible. Je suis, ma mère, dans le pas possible.

– Ma fille, devenir une voleuse! (son honneur).

– Allons, c'est peut-être la seule fois...

Le lion débonnaire, les bons offices, n'importe quoi pour éteindre l'incendie. Tiens donc, si on m'enfonce trop je pourrais qui sait rebondir, il perd pas le nord. Il a dû avoir quand même la trouille.

– ... mais il ne faudrait pas que ça devienne de la kleptomanie – et allons-y les grands mots, à nous la science et la technique.

Et le psychiatre se ramène dans le discours : dispositifs d'avenir. Sous la crainte du gendarme et du déshonneur, ma mère faiblit. Attristée baisse la tête. Ne dit pas non. Il a gagné.

FANTASME D'ICI MAINTENANT

COMMENT prouver qu'on n'est pas fou une fois qu'ils vous tiennent ?

Monsieur. Vous connaissez sûrement la bien bonne : A quoi reconnaît-on un fou ? – à ce qu'il proteste qu'il ne l'est pas.

Et si je déclare que je le suis, quel sera le diagnostic ?

Monsieur. Je ne sais pas si je suis folle ou pas, alors ça signifie que je le suis ou non ?

En tout cas je peux vous dire qui est vraiment le fou dans cette famille – là, je vais carrément au trou : tout le monde est fou sauf moi.

Ça me rendait dingue.

Toutes les nuits je dialoguais dans ma tête avec mon psy-de-rêve. De cauchemar.

On peut tournoyer là-dedans des heures, et le lendemain j'étais nase. Un jour je ferais une crise furieuse, avec camisole.

De toute façon chez le psychiatre on est amené par parents et on cause en présence, donc on ne peut même rien lui sortir du tout au mec.

On n'a pas de vie privée.

– Alors il paraît que tu t'es lancée dans la délinquance juvénile ?

Paul, nullement impressionné.

– Ils m'ont mouchardée ?

– Tiens, c'est un événement dans la famille.

Selon moi, c'est plutôt une famille à événements.

– Je peux te rassurer que tu n'es pas la première. Pour ne parler que de moi...

– Toi, tu l'as fait ?

C'est un plaisir Monsieur de vous rencontrer dans le même sac.

– Oh moi, j'ai fait pas mal de trucs, je t'ai bien dit que j'étais un sale type.

– Je crains que moi aussi je vais en être un... Je ne sens pas du tout que c'est mal.

– Le mal c'est se faire prendre.

– Dis pas. De ça oui, j'ai honte. J'étais champion, c'est la première fois que je loupe.

– Eh bien, faut améliorer ta technique. C'était quoi, un vélo ?

– Euh... une broutille, dis on va pas perdre tout notre temps avec eux non ?

Echappatoire : même à lui je ne peux pas dire. Encore moins à lui.

Et aussi, pas échappatoire : de temps on n'a guère et pas assez et de moins en moins assez, il file à une allure folle et accélérée et invisible, on s'y perd corps et biens, il est toujours plus tard qu'on croit.

Avec les bonnes choses il est toujours plus tard qu'on croit.

Cette histoire était promise à l'éphémère et sans doute on le savait, c'était inscrit dedans, et part de sa beauté.

UN MARCHÉ HONNÊTE

ECOUTE-MOI, me dit le Maître, assis cette fois sur mon divan, dans ma chambre. Nous allons conclure un accord (nous! la démocratie!). Je peux te faire enfermer chez les fous. Comme ça (claquement de doigts). C'est mon droit. Parfaitement légal – tu as tendance à oublier parfois que je suis ton père. Une petite signature, et tu y restes jusqu'à ta majorité.

Deux mille trois cent dix-huit jours, je tiens mes comptes.

– Et même ensuite. Parce que, une fois dedans, on n'en sort généralement plus. Encore moins si on se rebiffe. On est mineur pour la vie.

Je crois que j'ai pâli.

– Moi, dit-il, j'ai besoin de ça. C'est plus fort que moi que veux-tu. C'est ma façon de t'aimer si tu tiens à des enjolivements. Et ce n'est pas une si mauvaise façon, il y a pire. Le mariage par exemple.

L'ordure!

– Je peux, aussi, annuler le psychiatre, je n'ai qu'un mot à dire également. Et toi, à ne pas te laisser bêtement attraper quand tu fais une trop grosse connerie.

C'est moi qui ai fait la connerie bien sûr.

– Alors l'accord c'est : tu me donnes ça, de ton plein gré. Sans faire des histoires. Et pas de petits scandales et façons retorses d'attirer l'attention par la bande, si tu crois que je ne les vois pas tes machinations tu me sous-estimes. Qui en outre ne marcheront jamais, perds l'espérance ma petite. Que ça, pas plus – l'affaire de l'autre matin c'était pour te punir. Simple démonstration, tu as été idiote de me prendre au mot et je ne l'aurais pas fait. Je ne suis pas intéressé. D'ailleurs, tu n'es même pas une femme.

Veine, veine, je ne suis pas une femme! Que je ne le sois jamais!

– Pour toi c'est peu de chose. Pas souvent pas bien long et si tu permets, pas si pénible. En échange de ces rares et brefs instants de bonheur pour moi : la liberté pour toi. Vie agréable. Tout ce que tu désires. C'est un marché honnête. Avantageux j'estime. Tu as tout à gagner à être raisonnable, tu vois je fais encore appel à ton intelligence, j'espère qu'il t'en reste. A toi de voir où est ton intérêt.

J'attends ta décision chez moi, dit-il.

Mais ne traîne pas dit-il. Le rendez-vous est pour cet après-midi.

Il sort.

« Ma » décision.

L'intérêt des travailleurs est de travailler : le temps venu pour moi de lire les journaux, ça me rappela mon enfance. Discours du patron aux grévistes.

Travaillez d'abord on négociera après.

D'autre part, on ne négocie pas sous la menace des armes...

De mon plein gré, la peur au ventre.

Seulement, une fois là, personne rien.

Il avait fait l'unité chez moi. J'étais unanime enfin. Toute sur zéro.

Tellement je n'y peux rien que j'aurais des tentations de m'excuser : sorry, Sir.

D'ailleurs il s'en rendait compte, que ce n'était pas « de ma faute ».

T'as cassé ton jouet, vieux.

À MON TONTON

Dans notre caveau médiéval (c'est le plus fameux millionnaire du monde qui est en dessous, on ne se refuse rien), je m'accroche à Paul, follement heureuse de me retrouver vivante. Avec lui encore vivante. Et cet idiot n'arrête pas de me demander pardon, et je ne devrais pas t'aimer de cette façon mais je n'y peux rien... Je dis :

– Eh bien moi je suis contente de t'aimer, « de cette façon » comme tu dis, alors je dois demander pardon ?

– Mais non pas toi ! Toi tu n'es pas, moi je suis...

– Adulte, grand, fort, averti. Responsable ! Et moi je suis petite faible ignorante pure naïve candide...

– Non non n'en jette plus, essaye-t-il en vain de me couper le sifflet mais je suis fâchée.

– Nous ne sommes pas égaux hein ? et toi tu m'as détournée pervertie dépravée corrompue...

– Pitié, pouce ! je m'incline. Devant la richesse de ton vocabulaire.

Le pauvre s'il savait d'où je le sors, de quel dictionnaire, s'il savait le malheureux comme je le trompe sur moi, et qui est naïf ici. Et combien j'aurais de pardons à implorer, de lui laisser ses illusions!

– Je suis tout à fait sérieuse, je te demande vraiment pardon. Mais il hoche sa tête souriante, il ne peut pas croire que moi, une môme, je puisse être plus mûre qu'un foutu adulte. Ce qu'il peut être innocent au fond.

– Tu es un idéaliste.

– Ne m'insulte pas. Ecoute je ne prends pas les enfants pour des anges crois-moi, je sais qu'ils n'en sont pas, en outre tu n'es plus une enfant. Mais c'est moi qui ai commencé. Dans cette voie-là.

– Mais non, c'est moi.

– Non c'est moi!

– En tout cas je veux continuer! Dans cette voie-là.

Je l'arraisonne. C'est pas de théorie que j'ai envie maintenant, c'est de me sentir vivre. Hélas des voix approchent. On s'en va visiter la petite maison du voisin, tout enguirlandée de turquoises et valant le détour bien que c'est pas trop le moment. Des fois il faut faire du tourisme.

Sur certaines tombes sont posés des petits cailloux, qu'on dirait exprès. Mais oui, dit Paul : ce sont les neveux de Brooklyn, qui disent à leur tonton : « Je suis venu te voir. » Je promets de venir lui poser des cailloux quand je reviendrai d'Amérique, dans cent ans.

A mon tonton.

– Jure-moi que tu te feras enterrer ici.

– Ah ça non alors! Je veux bien te faire plaisir mais je ne tiens pas à moisir ici jusqu'à ma mort.

– Tu ne vas pas partir dis?

– Non pas tout de suite. Non : pas si tu ne veux pas.

– Je ne veux pas! J'ai besoin de toi! tu peux pas savoir...

– Je ne peux pas savoir quoi?

MOUCHE SOUS MARTEAU-PILON

L'AUTRE là-bas l'araignée tapie, ne lâche pas le morceau. Persiste. L'espoir. Ça va se tasser c'est forcé, la vérité est en bas pas en haut, le sexe est tout-puissant la plus grande force au monde ne me l'a-t-il pas assez répété, quand j'étais petite. Il se refuse à penser que le Sexe trahisse sa Mission. Que, à lui, son Servant, il peut arriver une avanie pareille. Que, lui, il ne soit pas gagnant. Alors qu'il détient toutes les armes! C'est trop injuste il ne supporte pas cette injustice ça fout en l'air toute sa philosophie.

Moi, stricte observance des accords, rien à me reprocher. Sorry, Sir.

Les vieux mots du répertoire ne me gênent même plus. Ils sont seulement bêtes. Il tâte des coups! c'est bien connu que ça produit des résultats dans les livres. Et voilà comment je reçois ma première fessée. A mon âge! Ridicule. Est-ce qu'il va m'attacher? Ce serait la grande rigolade.

– C'est con, je lui dis. C'est pas du tout mon truc.

– Tu le fais exprès! Tu es vicieuse, il me déclare.

Paradoxe? Vertige?

– Mais pas du tout voyons ce ne serait pas

raisonnable. C'est ta faute hein, je dis. C'est toi qui as fait la connerie. T'as exagéré quoi. Trop c'est trop le mieux est l'ennemi du bien on n'attrape pas les mouches avec un marteau-pilon.

Le nouvel état des choses m'a délié du moins le verbe : la liberté de la mouche sous le marteau-pilon.

Voyant râpées toutes ses vieilles ficelles, il opère un repli stratégique : il va retirer la menace, promis. Je réfléchis posément.

– Mais comment je pourrais te faire confiance? Faudrait devant notaire : je déclare que ma fille est saine d'esprit. Quoi que je puisse prétendre par la suite.

Il me prie! Bientôt il va se mettre à chialer merde.

– Pourquoi tu me rends malheureux?

Ma foi, c'est un plaisir.

Tentatives de corruption : des jeux haut de gamme des peintures des bouquins. Mes patins! Un vélo! Encore quelques années et je toucherais mon vison.

Mais ça ne communique pas « là ».

C'est pas mon carburant en fin de compte, je suis pas si pute que j'espérais.

Je me sens morale jusqu'à la moelle.

Justement, qu'est-ce que je m'emmerde. Vais-je oser dire que c'est pire qu'avant? Non, j'ose pas. Quand même ça m'amuse, de lui faire mal.

Ma mère n'en revient pas de toutes ces gâteries subites. S'étonne, fronce le nez : se mettrait-elle devant les complaisances à fleurir des soupçons que les excès de rigueur n'avaient pas fait lever? Traiter un môme méchamment c'est normal et gentiment, c'est louche.

Est-il emporté par la fureur ? Ou n'a-t-il plus rien à perdre ? Il repart en guerre. Tagada tagada.

Mais la guerre. Comment dire.

Elle a perdu de ses vertus (avec quoi les lui rendra-t-on ?). Ça me paraît aujourd'hui enfantin, la guerre. L'envie des sourires de maman, gnagnagna, quel bébé j'étais. Bébé je ne suis plus.

Je prends les balles, mais ne suis plus blessée.

Cette chèvre de M. Seguin ne saigne plus, Monsieur.

Je regardais. J'observais. Si ça m'inspirait, je prenais note.

J'étais passée correspondant de guerre.

Je n'avais plus mal à ma mère.

J'avais fini d'aimer ?

Il me restait d'amour assez pour ne pas la pousser par la fenêtre.

Ça avait été une très grande passion. La mise de fonds avait été trop considérable pour être si vite épuisée.

Je garderais notre petit secret de la porte du fond, d'accord ?

IX

CHEMIN DE LA RÉDEMPTION

DES gens passaient, avec des fleurs. On s'est plantés devant Baudelaire. C'est pratique un cimetière à célébrités, ça grouille de prétextes. Revers, ça grouille aussi de monde. Même il s'amena un enterrement. Le comble. Paul me dit doucement : « Mon enfant, ma sœur, songe à la douceur d'aller là-bas vivre ensemble »... Oui oui. Je dis :

– Pourquoi on prendrait pas ta bagnole et on filerait à la campagne. On serait plus tranquilles.

– Tu n'as pas le temps.

– Tu as dû remarquer que je ne suis plus parfaite. Je me ferais engueuler, je m'en fous complètement.

– Non.

Paul, tranchant.

Je ne veux pas, dit-il.

C'est la première fois qu'il prend ce ton avec moi.

Je ne veux pas qu'on soit tranquilles.

Je suis dangereux.

Et toi aussi.

Derrière les colonnettes de notre millionnaire préféré, il me tient à distance de sécurité.

– Ecoute, j'ai à te dire une chose très simple : je

ne veux pas te faire de mal. Même si c'est toi qui commandes.

– Ecoute toi, j'ai à te dire une chose encore plus simple : tu me fais du bien. Même si tu ne t'en rends pas compte.

– Admettons. Ecoute-moi pourtant, on n'en parle jamais mais il ne faut pas faire non plus comme si ça n'existait pas : je suis, quand même, ton oncle.

Là, oh alors là, je pars à rire, comme une folle. Pliée en deux. J'en pleure, je ne tiens plus sur mes jambes je m'effondre contre lui, qui dit : « Qu'est-ce qui t'arrive mais qu'est-ce qu'il y a de si drôle ! » et soudain me prend les épaules m'écarte de lui, et me regarde aux yeux, comment dire, farouchement. Et moi des miens farouchement désespérément j'essaye de lui répondre. Ne pouvant prononcer un mot. Lui non plus. On n'a jamais été aussi proches. Puis il me serre, fort et sans permission mais ce n'est pas pareil, pas l'impatience d'avant – d'un instant avant – c'est l'intimité. L'amitié intime. Me saisit la main m'entraîne à grands pas jusqu'aux portes. Comme s'il ne pouvait plus endurer. Là se tourne vers moi, sans arriver à sourire, furieux, dit : « Je t'aime vraiment. Ne l'oublie pas. » Et s'en va très vite, de son côté.

Lui ai-je dit ?

A-t-il lu ?

Je ne suis plus convoquée dans la chambre du crime. Ni harcelée ni interpellée, ni regardée même. Le coup du mépris.

A-t-il renoncé ? Il s'avoue vaincu ?

Lui ? Faut pas rêver.

Je ne suis pas tartuffe au point de m'être entièrement caché à moi-même la part qui, dans mon redressement moral, ne revient ni au marteau-pilon, ni à ma vertu. Mais à Paul, à, dois-je employer le sacré mot? allez je le dis : à l'amour.

Bien que l'inassouvissement en fût la règle et je dirais aujourd'hui l'essence, cette force qui nous tenait embrassés me transportait dans une réalité radicale, qui rejetait à l'insignifiance la prétendue sienne à lui, mon père.

Qu'il nommait pieusement Erotisme.

Non que ce ne soit une remarquable mécanique, je serais mal placée pour le nier. Remarquable. Mécanique.

Mais : il y avait un autre monde. A celui-ci j'appartenais non en pièces détachées, mais au grand complet.

Contre le morcellement à répétition et tandis qu'il s'alarmait de me dévoyer, Paul me faisait un rempart.

Je l'appelais pour moi-même « Mon chemin de la rédemption ».

AVEC DES PINCETTES

Et pas seulement pour moi-même, lorsque, venu l'usage du verbe et jeté aux orties le manteau de la Tragédie, j'empoignai les pincettes, qui sont l'outil du conteur.

– Mon oncle, lui, avait déposé les armes. Sans doute il m'aimait. Quand notre idylle a été découverte...

– Ton oncle en plus ? dit la jeune Karen, ravie.

– Ben quoi, est-ce que ce n'était pas un progrès moral ? et de fait comme ça, de proche en proche, j'ai fini par sortir complètement de la famille.

Ça amusait bien le monde, ce péché allant diminuendo par paliers.

J'aime amuser le monde. Avec ce qui ne s'y prête pas bien entendu.

– Tu n'avais pas de frère ?

Ça c'est Dona. Celle-là je n'arrive pas à la semer : si loin que je me crois décollée elle m'attend à l'arrivée avec son sourire cheshire, ça me rappelle mes chèvres de mon époque bergère, quand j'étais sûre de les avoir bien bouclées là-bas au pré et je les retrouvais devant la maison m'attendant, en ricanant. Quand les autres sont encore à avaler leur salive, elle dit : Tu la racontes pas mal. Je ne la lui fais pas avec mes effets de pincettes. Elle sait lire la Forme : c'est une poète, quoi. C'est pourquoi je l'aime : le plaisir en fin d'escalade de voir apparaître, perchée sur la colline d'en face, échappée (disons-le vite) à son gibet personnel, l'égale en dérision. L'autre « capable de tout ».

Les coups qu'on a faits ensemble, durant notre phase d'accumulation primitive de capital ! et justement celui-là : « Tu es capable de tout » – « j'espère bien », dans deux bulles sur blanc, et la semaine suivante (on était portées sur les pubs tiroirs) l'image montrait une femme habillée, braquant un homme, nu, dans son lit, et ce n'était pas pour le violer mais pour lui piquer ses draps x. Ce genre de trucs. Et à la fin notre chant du cygne : « L'arme absolue ? » Sur blanc, et la semaine d'après, en lettres énormes : « LA CONSCIENCE ». A nos frais et sans illusions, mais il n'est pas nécessaire d'en avoir pour essayer dit Guillaume. Là-dessus, la clef sous la porte, et on est allées se mettre à ce qu'on avait envie de faire dans la vie. Moi à ce moment-là c'était ma pièce.

Dona a aussi de quoi se marrer c'est vrai. Pas de droit de cuissage, mais elle a écopé d'une sacrée infamie, en tout cas aux fous elle y est allée elle, ils l'y ont mise. « Oh j'ai fait une connerie, reconnaît-elle, pas seulement je me suis laissé prendre mais j'ai avoué. Triomphalement. Ma fierté. C'est le triomphalement qui n'a pas passé. La dignité ça coûte. On n'a pas droit. »

– Pas de frère non. Je regrette.

– Regrets optimistes ! se récrie Karen. Les aînés en tout cas. Ils peuvent être redoutables, il arrive qu'ils prêtent main-forte à papa et il faut se les faire en duo c'est pas la joie je peux vous dire, j'ai une copine, oh et puis merde, cette copine c'est moi, merci me dit-elle du verre tendu, mais c'est pas la peine ça va. Je ne me came même plus.

– Vous êtes blindées, dit Ruth. Notre exemptée.

– Faut bien, disent Dona et moi en chœur.

Nouveaux Leporello, on dresse le catalogue des conquêtes du padrone. Classées par cas de figure, ceux-ci au nombre de sept jusqu'ici. On ajoute pater-fraternel. Dans notre brainstorming en dérive on concocte un affichage monstre. Titre : « Mon papa il m'a... » Signé d'ex. Dehors les hulottes hulottent les grillons grillonnent et les étoiles filent.

– Et les grands'pères? s'exclame Ruth. Faudrait pas les oublier ceux-là, à ce qu'on sait ils ne sont pas les derniers. J'en ai une qui a passé des beaux moments de sa petite enfance sur des genoux dont elle se demande encore si c'était du lard ou du cochon. Je penche pour le cochon.

Pas de frère, pas de grand'père baladeur, je commençais à me sentir orpheline.

– On fait une colonne pour grand'papa?

– Je ne suis pas sûre que c'est tout à fait notre cible...

– Mais c'est quand même dégueulasse!

– La question n'est pas au dégueulasse, rallie à l'imprévu Jason, qu'on avait oublié dans son coin, supposé planant en solitaire, pas intéressé par nos histoires de filles. Pas de nos intimes d'ailleurs, simple collègue, se trouvant là parce que le besoin de nous réparer d'une méchante charrette nous avait jetés ensemble dans une auto et plein sud, sans rien en tête. Les papas avaient émergé ce soir-là par hasard et libations.

– Je les mets, je les mets pas? Sur la liste.

– Fais une annexe, dit Dona, pour les aïeux, collatéraux, nourrices, amis de la famille voisins de palier usagers du Métropolitain...

– Faudrait aussi une échelle dit Ruth, qu'est-ce qui est le plus inceste, l'oncle, ou le frère ? Ou le grand'père ?

– Je m'en fous de ce qui est le plus inceste. Je m'en fous de l'inceste ! je proclame.

– Positif, appuie Jason, décidément présent. Ce n'est pas ça le point.

– Ben alors de quoi on cause ?

– Dites vous n'avez que des filles dans votre club ? Pour savoir si j'ai droit aussi à la parole, en cas.

Et nous laisse le bec ouvert avec notre nanacentrisme : on n'avait pas envisagé des garçons. Il ajoute, au milieu du silence :

– Nous aussi on a des pères.

Bec ouvert, bis : si des garçons alors, on aurait attendu des mères. Ah le consensus ! honte à nous. J'apporte d'autres bouteilles, pour la relance.

Welcome, frère.

LA NUIT DU PATRON

– J'AI un père, dit Jason, qui aime mes fesses. Tout petit c'est lui qui me talquait, et il m'a donné le bain, longuement et jusqu'à un âge avancé, j'ai dû être le môme avec le cul le plus clean de France. Oh les jolies petites fesses qu'il a mon bébé! Son bébé. Je poussais presque la barbe.

– Il n'a pas tort, tu as de belles petites fesses, dit Karen.

– Oh merde. Et de quoi tu causes, tu les as pas vues.

Personne, les a vues. Jason ne se déshabille même pas sur la plage, et n'entre pas dans l'eau.

– C'est beau les fesses de garçons quoi, dit Ruth.

– Ecoutez, je vous fais l'honneur. C'est une première, j'ai encore jamais sorti ça devant le monde, faut que je sois vraiment bourré. Si vous croyez qu'il y a que vous à pas pouvoir l'ouvrir...

Ainsi Jason traînait un bœuf lui aussi? Cette grande gueule, qui l'eût cru.

– Un mec je crois ça passe encore plus mal que vous autres. Notre fierté virile, vous connaissez?

Il y aurait donc, dans « les choses qu'on ne dit pas », des choses qu'on dit encore moins. Ce qui fait qu'on les ignore encore plus...

– Alors me cassez pas mon coup j'ai assez de mal, où j'étais? mes fesses. Je déteste le mot. Il me brandissait en l'air et m'y collait des gros bisous mouillés devant le monde, extasié par tant d'amour. Paternel hein. Moi j'étais toujours à glisser de ses pattes une vraie anguille, ça doit être là que j'ai pris ma spéléomanie. Je me fourrais dans tous les trous. Il venait me repêcher. Il était couvert : par « mon bien ». Défense de verrouiller la salle de bain, pour ma sécurité, c'est comme ça qu'après des années de briquage je suis devenu un mal lavé (ah voilà qui explique). Me poussant au derrière pour escalader les méchants rochers : tu seras un Homme mon fils, sur la plage à poil pour ma santé, me lâchant pas des yeux pour ma protection. Contre les autres papas sans doute. D'être tout le temps dans son champ j'en avais froid en plein midi sur l'île du Levant je m'emmitouflais comme un Eskimo. C'était « ma pudeur maladive ». (C'est donc ça qu'il est frileux comme une chatte, j'avais suspecté la came, ah les jugements téméraires!) Et me tenir devant lui bien serré : l'affection. Mais d'où j'étais placé je pouvais la mesurer son affection. Seulement j'étais le seul au courant et si j'avais cafté je me serais fait appeler œdipe. Lui tranquille l'air de rien bon sourire bon papa sous sa couverture à l'abri. Imprenable. Et que je « fasse le méchant », papa-poule tournait à la seconde papa-vache, baisser culotte, et fessée. Sur genoux comme au bon vieux temps, avec approbation unanime : ça c'est un Père. Ah oui tiens, que c'était. Surtout sur ses genoux... Bref.

– Bref?

– Bref. Terminé. Je ne raconte pas pour vous régaler. Je déteste mes fesses et voilà et vous les verrez jamais...

Ah je te ferai passer ça! Qu'est-ce que c'est cet ouragan d'altruisme qui me traverse subitement? Pour ce mec, moi?

– ... je raconte parce que, « de quoi on cause? ». Je veux localiser le point. Si c'est pas l'inceste. Je vois rien de mauvais à être euh, caressé, ça devrait être que bon, père ou pas j'en ai rien à foutre j'ai pas un grand sens moral et de nos jours tout passe. Je suis contre rien. Je suis pour tout. Je peux aussi lui donner votre excuse que les petits garçons ont de belles, euh, fesses, les petites filles autant d'ailleurs. J'aurais même pu le trouver sympa, lui, (« lui »), car il l'était. D'autre part. Tenez j'irai plus loin bien que ça m'écorche la gueule : j'aurais peut-être aimé, euh, l'aimer. Tout ce que vous voulez.

Y a qu'un truc qui va pas dit-il. C'est lui le Patron.

Et il rend pas ses galons.

Ça, ça salope tout dit-il, et il a plongé. J'ai vu dans quoi comme si j'y étais. Car diable j'y fus. C'était une source, bouillonnante et noire : la source du cynisme. Sans le cynisme je dirais : du désespoir. Le sien, le mien, pareil. Il m'a vu voir. On se voyait à travers.

Rencontre dans les bas-fonds.

On est tombés tous (me voilà obligée de mettre à l'unisex, eh bien tant mieux, je ne tiens pas au privilège du ghetto) tous d'accord que le malheur n'est pas le sexe. Et pas non plus l'inceste.

Le malheur c'est le Patron.

Le sexe lui est du pur diamant. L'instant adamantin au cœur de la merde. L'évidence première, limpide et cristalline et de toute beauté.

C'est vrai on était un peu exaltés, entre nuit et aube et une lune pleine près de glisser de l'autre côté de la Terre, et quand les rossignols ont chanté on les a pris comme une bénédiction.

Comment je peux dire des trucs pareils, et écouter des rossignols après, après tout ça? Ce bourbier. Comment je ne suis pas dégoûtée des bittes? du sexe? des mecs. De la vie. Comment je peux encore aimer quelque chose et même, éventuellement, quelqu'un?

Ah mais il y en a des trucs dont je suis dégoûtée rassurez-vous c'est pas ce qui me manque. Il en est pour prétendre qu'il y en a trop (avec quoi ils mesurent ça? passons) et je vois le mal partout.

Mais il y est, partout!

D'accord je suis un rien méfiante et on pourrait dire parano un peu schizo et pas mal cyclo. Mais qui sort de là avec toutes ses plumes?

Et essayez donc un peu la traversée vous verrez dans quel état si vous arrivez de l'autre côté vivant. Peut-être vous passerez le reste de votre vie à dégueuler. Il y en a qui préfèrent arrêter tout à fait de bouffer pour éviter ça, moi qui vous cause si je suis passée à côté c'est hasard et circonstances et Babet, (que la terre lui soit douce). D'autres anciens muselés ouvrent même plus la bouche, ils et elles sont dans des lieux conçus pour, assis devant rien et faisant sous eux. Moi je l'ouvre toute grande et je le mets sur les murs.

Comme dira Louise :

– Toi tu peux crier sur les toits. Moi si je cause, je tue. Toi c'est déjà fait. J'ai ri :

– Je les ai tous tués.

– C'est pour ça. Il faut un meurtrier.

Et me voici.

On avait été simples copains de charrette, enfin copains c'est beaucoup dire. Plutôt chats hérissés. Concurrentiels. Pas d'affinités, pas du même bord, on ne pouvait quasiment pas se pifer.

De cette nuit-là, la nuit du Patron, on se trouva jetés dans une nouvelle phase, Jason et moi. Pas qu'on s'aimait non, rien à voir. Pas qu'on s'entendait mieux, au boulot on se volait autant dans les plumes. Mais subitement ça nous prenait. Ce regard-là, et hop, tout lâché et en virée, ça ne pouvait pas attendre. On avait besoin. On avait soif. On sautait dans l'auto sans biscuits et, plein sud. Sur le lieu de la reddition. Reddition mutuelle.

Quelle espèce bizarre d'amis on était devenus. Rien en commun, qu'une source. Bouillonnante et noire, et pas potable.

Même mon bien-aimé Laing était enfoncé, qui écrit qu'on ne voit jamais l'expérience de l'autre. Nous on se l'était vue. On se l'était prise en flagrant délit. C'était la même.

On n'avait rien à se cacher on était à découvert. Compromis. On avait le droit de se regarder en face. Notre came à nous c'était : pas de limite. Est-ce qu'on peut être deux ensemble sans mentir ? Du tout. Défi. Marche sur lame de rasoir. Casse-gueule. Sacrément raide, dur, sauvage. Passionnel. Exquis.

« Terminé »? Ah non. Ni lui, ni moi. Les inacceptables sacrés petits détails jamais sortis, pas même à soi avoués, étaient tirés de force de leurs trous. Revécus, dans larmes et crises, le grand récupérage.

Il me rassembla mes morceaux. Je lui fis « passer ça ».

Foutus puritains que nous sommes tous.

Et quelle est la dernière chose qu'on avoue devinez un peu?

QUATUOR DU III

– QUAND l'idylle avec mon rédempteur a été découverte, le cirque qu'ils ont fait ! Tous sur mon dos. Enfin, trois. Paul, pas là. Où ?

Trois qui m'attendaient un dimanche en fin de journée à mon retour des scoutes. Tous debout. Postures de cérémonie. En place pour la tragédie, que c'en était comique. Lui mon père droit comme un pieu, bras croisés. Un sparadrap sur la gueule. Ma mère exhibant un paquet de feuilles à moitié déchirées – malheur, mon journal intime (ex-intime), si bien caché ! Un coup d'œil vers ma chambre, béante, me montre tout en l'air sommier à nu bouquins au sol papiers cahiers tout : sa signature à lui ça. Le flic maison. J'ai été perquisitionnée !

Violée. Là oui, violée.

Et qu'est-ce que c'est que ce tas d'ordures ? (ma mère, brandissant mes œuvres complètes), et je suis non seulement voleuse, dissimulée, mais vicieuse, et Gina : il n'y a qu'à la regarder, ces yeux qu'elle a ! Qu'est-ce qu'ils ont mes yeux de quoi elle se mêle Gina et qu'est-ce qu'elle fout là parmi mes juges ? Et où est Paul ?

Ils ne sont pas venus dîner hier, tout ce beau

monde était à la campagne. On n'a pas de rendez-vous convenu, Paul et moi.

A ce stade je me débats encore. Je me dénie, il y a urgence : Mais c'est rien du tout c'est que de la littérature !

– Belle littérature ah oui. Toutes ces insanités, et il a fallu que je lise ça pour te connaître enfin. Tu as l'esprit sale, ma fille (qui me l'a sali ne me sera pas demandé). Tu es vraiment capable de tout. Et cet « ange » qui c'est hein ?

– Mais c'est tout de l'invention c'est pour m'amuser !

– Jolis jeux. Et menteuse avec ça (consternée), ah on peut dire que tu m'auras déçue jusqu'au bout (calme annonciateur). Malheureusement on le sait, qui c'est.

Qu'est-ce qu'ils ont été repérer ces fins limiers, est-ce que malgré mes soins j'aurais laissé traîner un indice ? je n'arrive plus à me rappeler ce qu'il y a au juste d'écrit là-dedans, pas un traître mot. Sauf que j'ai laissé les Apparitions dans le cimetière, pour la beauté. Et que ça me semble à moi plutôt marrant mon machin, que sale, merde ça crevait les yeux que je blaguais.

– Mais c'est personne c'est une blague quoi ça se voit !

– Ne te fatigue pas. On sait. Dit ma mère. De glace. – Vous avez été vus ! éclate Gina, ignorant les signes alarmés de sa belle-sœur, cassant le beau suspense, lâchée en pleine folie furieuse ne se tenant plus : Et si tu crois que tu es la première ah ah je le connais moi je vis avec pour mon malheur c'est un coutumier du truc la chair fraîche il aime ça même on l'a déjà pris la main dans le sac (pour les métaphores elle est douée Gina) c'est un sale type si tu veux savoir (c'est déjà fait merci il s'est chargé lui-même du message). Mais là cette fois il a eu son compte !

Oh mon dieu.

– D'ailleurs il a avoué.

Je reste paralysée. Avoué. Non il a pas pu. Mais pourquoi n'est-il pas ici qu'est-ce qu'ils en ont fait ? Ils l'ont tué ? enfermé ? menacé ? Mais avoué, non. Pas possible, et puis, avouer quoi ? En tout cas moi je n'avouerai rien et c'est ce qu'il y a eu – C'est pas vrai il n'y avait rien comme tu dis ! on causait c'est tout. – C'est pour causer que vous vous cachiez ? – Et dans un cimetière ! précise ma mère, que ce point paraît choquer mortellement, alors c'est vrai on nous aurait vus idiots que nous sommes et qui ? et quoi ? Je m'accroche aux branches contre vents et marées vraisemblance et réalité : C'est mon chemin pour rentrer c'est tout –, et voilà que lui, mon père, ouvre sa bouche, et j'y vois une dent qui manque, sur le devant. Une dent. Un sparadrap. Seigneur. Paul ! Son compte... – voilà que lui mon père ouvre sa bouche édentée, ose, s'y met, entre dans la curée :

– Rothschild, ça te dit quelque chose ? Mais j'ai des yeux moi...

– Ah toi non ! Pas toi. Toi si tu t'y mets alors moi aussi !

Ça m'a débordée. Un réflexe. Le couvercle a sauté c'était trop. Lui, c'était trop.

Ma première intervention sur le sujet. Maintenant voilà c'est clair tant pis ouf.

Succès total. Silence. Immobilité. Des statues. Trois statues tournées vers moi le bec ouvert.

Dommage que je ne puisse pas vous montrer la photo. C'était grand. Moi j'aurais été floue dessus, vu que je tremblais de toute ma membrure. Mais l'image sera dans la pièce.

Alors lui, ayant constaté que rien ne vient de nulle part, lui me fixant en pleine face de toute sa hauteur et superbe. Faux-semblant 1 dans toute sa gloire :

– Eh bien quoi, « alors » (Pause). A quoi, tu te mets ? (Temps). Eh bien dis-le ce que tu as à dire (Attente tranquille). Si tu as quelque chose à dire, dis-le.

Et je me tais.

Je me tais.

Je me tais.

– Vous ne direz pas qu'il n'était pas valeureux hein ? Il avait du cœur au ventre.

– Bas, dit Dona. Au bas-ventre.

– Du cœur au bas-ventre. Beau titre, si un jour je fais une Série noire là-dessus.

– Je continue à me demander comment tu arrives à plaisanter avec ça, soupire Ruth.

– Je vais te dire comment j'arrive : je ne plaisante pas.

Ah je ne faisais pas aussi belle figure que lui. J'agonisais de honte, pour ma couardise.

Tout au plus puis-je me vanter de n'avoir pas baissé les yeux sous lui. Si ça peut me consoler. Guère.

Est-ce que j'espérais les lui faire baisser à lui ? Ah ah.

Ou ouvrir ceux des autres ah ha.

Mais aussi, imaginez. Quand bien même le cran j'aurais eu : LES MOTS je n'avais pas!

Les jolis petits mots de papa sur le terrain mon seul bagage, ne faisaient pas du tout l'affaire.

Je tenais la fin de la pièce.

OUTRAGE

L'EXAMEN. Je dois le mentionner parce que, ça se fait. Quand on veut porter plainte en détournement. On voulait. Contre Paul bien sûr, qui d'autre.

J'y ai eu droit.

J'en dirai seulement : en fait d'outrage à ma pudeur, à côté de ça les façons de papa prenaient comme un air de gentillesse.

Négatif. « Intacte ».

Il avait été très prudent.

Sa prudence sauva Paul.

Il y a une justice.

Il me vint dans ma misère une pensée réjouissante : comme il avait dû se mordre les doigts, de ne pas avoir « consommé entièrement »! Il aurait pu se payer Paul en prime.

Là il a carrément loupé son coup.

NON

Lorsque, comme un cheveu sur la soupe, il s'est montré dans la sorte d'internat-couvent posé sur une plaine désolée où, extraite abruptement du lycée, j'avais été en hâte exportée, et enfouie sous trois épaisseurs de silence : ma propre lâcheté, mon humiliation impardonnée, et mon ignorance du sort de Paul,

en ce lieu clos de hauts murs et tenu par bonnes sœurs pour ma protection sexuelle de l'enfance mais qui faillit à sa mission puisque dedans ces murs il y avait Jeanne-Marie, et « quand on est deux le diable est au milieu » professait-on là-dedans, eh bien welcome, et précisément par le précité enrichie de ruse, ma jeune science ne fut pas perdue mais doublée et même plus, par l'effet du « plein gré », et du feu de la complicité amoureuse dans son plus bel âge,

lorsqu'il se présenta au parloir, et y fut consigné par mon refus sans mots de sortir en sa compagnie sous le coup de la Loi, déjeuner au restaurant m'acheter des trucs en ville dieu sait, faire une balade dans la campagne (merci bien j'avais eu la campagne avec lui une fois, je savais comment il aimait la Nature), tout cela faisant miroiter l'éventuel monnayage d'une, supposée désirable, libéra-

tion anticipée, qui eût été plutôt la sienne à titre d'échange de faveurs avec lui on n'a rien sans rien, aussi me trouvais-je plus libre enfermée et ne fis pas affaire, il ravala ses offres; revint à l'officiel –
c'était, donc, officiellement, cette visite, pour me faire savoir que je serais ramenée à la maison pour la rentrée scolaire, mes chères études risquant ici de pâtir, auxquelles on attachait du prix. Et qu'alors lui, à la maison il ne serait plus. Devant partir au loin, pour longtemps sans doute ou qui sait, soupira-t-il dramatiquement, sans retour, je parvins à éteindre toute lueur de joie dans mes yeux bien que ne les baissant pas car ça jamais, je lui dédiai à cette grande occasion mon plus beau regard poulpe. Puis il quémanda ma promesse de, lui absent, ne pas abandonner ma mère, et la tint pour acquise puisque m'en remercia préventivement puis, puis ma parole était-il en passe de craquer pour de bon, allons faut pas rêver, il me dit :

– Je t'aimais tu sais...

Ouais. Aux petits oignons.

– Pourras-tu un jour me, me... – quoi allait-il demander pardon! le poulpe coupa son élan, ses lèvres tremblèrent allait-il pleurer? il se pencha tristement pour l'au revoir, qui était un adieu nous l'ignorions encore, visant familialement ma joue, merde il va me couler dessus, et pour m'abriter de l'averse je reculai. Ouvris dans mon dos la porte, et me repliai derrière les murs. Protecteurs.

RAVAGES D'ANTAN

PERDEZ l'illusion bonnes gens, assis dans la croyance que les malheurs passés doivent labourer la mémoire la vie durant, comme si c'était un devoir d'encore et encore les payer,

perdez l'illusion morale, si joliment plantée dans vos âmes coupables, que le souvenir des sales moments ne peut être qu'un renouveau sans fin de l'enfer des jeunes années.

Je ne sais pas pourquoi mais je n'y arrive pas. Sale mentalité, hein. Il paraît que je ne marche pas dans la combine. La combine profitable qui est : on est prié de continuer à s'opprimer soi-même quand il n'y a plus personne pour le faire. Sinon c'est l'anarchie quoi. Un de ces foutus consensus à se fabriquer des cancers. Voyez Jésus, on n'a gardé que les plaies. Quand le type était un formidable optimiste.

Les ravages d'antan se présentent aujourd'hui à moi sans douleur – ingrate je suis ! je ne fais même pas des cauchemars. Une pareille éradication aurait de quoi inquiéter : ce n'est pas bien.

Je pourrais douter d'avoir un inconscient, si tous mes hauts et bas faits ne sortaient de cette obscurité.

Ah je te reconnais, crapule qui m'habites, et qui

me tient la main. Comme disait ma mère : « Tu es capable de tout. »

Ouais. Faut bien.

Je me rappelle pourtant. Je n'oublie pas. C'est là. C'est bien moi. Je me retrace : bonjour, petite. Je te regarde par le gros bout de la lorgnette, je t'aperçois là-bas, ligotée dans ton double nœud de vache. Faisant le compte des jours jusqu'à ta liberté – dont le chiffre allait au-delà de mille de plus qu'à présent, heureux que tu ne les aies pas attendus pour casser la corde, c'était une sacrée bonne idée.

Souffrir d'avoir souffert, non. Si une fois la corde coupée il reste un germe de vie, ouah ! quoi d'autre que filer à toutes jambes, assez loin du gibet et assez haut dans les collines pour jouir du prodige d'être encore au monde.

REMERCIEMENTS II

UNE chose dont je lui suis reconnaissante, c'est sa fin prématurée. Qui me laissa à moitié orpheline (c'est déjà ça) quand j'avais encore la vie devant moi.

S'il n'était pas mort prématurément, il ne m'aurait jamais lâché les baskets. Il m'aurait collé après comme une bernique (c'est à juste titre que dans la métaphore je figure le rocher). Il m'aurait retrouvée partout : il était très bon flic, d'ailleurs je crevais les yeux. Il aurait dormi sur mon paillasson. Devant le portail de ma maison de campagne, sur la banquette arrière de mon cabrio, dans mes bottes, dans la niche du chien. Il aurait surgi à chacune de mes apparitions publiques, fagoté, enclochardé, pleurnichant, la main tendue : le pauvre père abandonné par la fille recrue de biens impartagés (ça, pas question). Il aurait porté plainte contre moi pour refus d'assistance à ascendant démuni : il y a paraît-il une Loi, que les vieux parents miséreux n'osent invoquer, ayant honte. Mais lui pas. Et il m'aurait fait condamner (il était très procédurier : professionnel). Sans doute n'aurais-je pas craint de contre-attaquer, proclamant à la face des juges mes motifs recevables, mais où sont les preuves ? et qui me croirait ? En plus il y a prescription. J'aurais perdu ma cause et tout crédit, il s'en serait tiré avec un non-lieu, comme en famille.

Pour me dépêtrer de lui je n'aurais eu d'autre recours que de, faisant passer à l'acte mon cher fantasme d'enfant, l'assassiner. La légitime défense ne m'aurait pas été accordée, et j'aurais fini en tôle pour parricide comme Violette, quelle injustice.

Merci à ceux, qui pourtant n'étaient pas de mes amis, qui l'abattirent en plein ciel de gloire au-dessus d'une ville étrangère, lui offrant en plus d'un instant de beauté la chance du seul exploit honorable de sa vie : car, à l'encontre de ses options jusque-là proclamées et par un aléa resté inexpliqué (courants contraires? dérèglement de compas, erreur de tir?) il se trouvait à ce moment-là du bon côté. Ce qui fait de moi une progéniture sans tache et de son existence entière un monument de n'importe quoi,

mais,

passons,

ce n'est pas pour ce qu'il eut de spécial qu'il a sa place ici,

c'est par ce qu'il a de commun.

LE SURVIVANT

Le combat a duré sept années. J'en ai perdu chaque bataille.

Mais pas la guerre.

Quand enfin l'ennemi est tombé, me trouvant par circonstance le messager de sa mort, j'ai tenté de me composer un visage qui, au moins, ne choquât point sa veuve, à qui je ne voulais nulle offense.

Je crains de n'y être pas parvenue tout à fait. Et qu'elle ait aperçu, sous mon masque mal ajusté, le sourire du survivant.

Quelques sources

– Dédicataire : Jeffrey Moussaïeff Masson, qui fut directeur des Archives Freud. Lire *le Réel escamoté* (le renoncement de Freud à la théorie de la séduction). Aubier-Montaigne, 1984.

– P. 87 : « Double nœud », traduction honnête de « double bind » (R. D. Laing et psychiatres anglo-saxons). Généralement trahi en français des experts par l'équivoque « double lien ».

– P. 88 : Louise Armstrong, *Kiss daddy good night,* Pocket books, New York, 1979.

– P. 91 : Janet Malcolm, *In the Freud Archives,* Flamingo Fontana paperbacks; p. 55 : « Auschwitz made a man of me. » Cité à l'occasion de l'éviction de J.M. Masson hors des Archives de Freud pour avoir exposé, en public, les résultats de ses recherches.

– P. 163, « Chiens et chiennes de garde ». En première ligne, la notoire Dolto, citations :

Françoise Dolto. – *Dans l'inceste père fille, la fille adore son père et est très contente de pouvoir narguer sa mère!*

. . . .

Question. – *Donc, la petite fille est toujours consentante ?*

FD. – *Tout à fait.*

Q. – *Mais enfin, il y a bien des cas de viol ?*

FD. – *Il n'y a pas viol du tout. Elles sont consentantes.*

(Voir le reste, dans le même esprit, in « Choisir », interview, nov. 1979.)

Table

IV

V

VI

VII

VIII

IX

DU MÊME AUTEUR

Aux Éditions Bernard Grasset :

LE REPOS DU GUERRIER.
LES PETITS ENFANTS DU SIÈCLE.
LES STANCES À SOPHIE.
UNE ROSE POUR MORRISON.
PRINTEMPS AU PARKING.
C'EST BIZARRE L'ÉCRITURE.
ARCHAOS OU LE JARDIN ÉTINCELANT.
ENCORE HEUREUX QU'ON VA VERS L'ÉTÉ.
LES ENFANTS D'ABORD.
QUAND TU VAS CHEZ LES FEMMES.
LE MONDE EST COMME DEUX CHEVAUX.

Aux Éditions Stock :

MA VIE REVUE ET CORRIGÉE PAR L'AUTEUR.

Alberto Moravia

Le Mépris

« Je compris alors que depuis un mois j'avais essayé de m'habituer à une situation intolérable, sans y parvenir; en réalité je ne pouvais plus supporter de vivre ainsi entre Émilie qui ne m'aimait plus et un travail que, par la faute d'Émilie, je n'aimais pas. Je ne peux plus continuer sur cette voie, me dis-je, il faut une fois pour toutes que je m'explique avec ma femme... »

Mais quand Émilie lui aura déclaré nettement que non seulement elle ne l'aimait plus, mais qu'elle le méprisait, Richard, profondément malheureux, n'aura de cesse de trouver la cause de ce mépris. Son enquête fébrile est une analyse magistrale de la faillite qui menace hommes et femmes unis par l'amour et séparés par leur individualité. On reconnaît là un des thèmes majeurs du grand romancier italien.

Alberto Moravia

Bof!

Dans *Bof!* des femmes de milieu et d'âge différents conversent avec nous, sur un ton familier, tragique, comique, souvent voilé d'ironie, de la haïssable ambiguïté de leur destin qui les force à agir de façon absurde ou folle, bien que leur conscience leur dise qu'elles devraient faire autrement.

Malgré leur complaisance narcissique vis-à-vis d'elles-mêmes, elles supportent mal cette dualité qu'aggrave encore leur solitude de femmes mal aimées. Et c'est avec ce « Bof! » qu'elles lancent d'un ton méprisant aux adultes qu'elles n'ont jamais pu être, qu'elles expriment leur lassitude des hommes et leur déconvenue devant de stupides comportements.

Moravia, maître incontesté de ces courts chefs-d'œuvre que sont ses nouvelles, entraîne ses lecteurs dans le passionnant univers freudien dont il n'ignore aucun détour.

F. Scott Fitzgerald

Tendre est la nuit

Tendre est la nuit, largement autobiographique, est l'histoire de la décomposition d'un être fait pour être aimé, trop romantique pour pouvoir résister à son époque, trop tendre, malgré son apparente désinvolture, pour savoir sagement vieillir.

Nicole a été soignée par Dick, médecin psychiatre. L'amour qu'elle a porté à Dick a fait de leur union une nécessité. Un jour viendra pourtant où ils devront se séparer...

Mais le lecteur aura vécu avec eux les plus belles années d'une vie de loisir rendue magique par la richesse, les voyages. C'est un extraordinaire témoignage sur la vie d'entre les deux guerres qui nous est offert, un témoignage qui ne va pas sans une douloureuse nostalgie, un livre ensorcelé.

Naguib Mahfouz

Impasse des deux palais

« La rue d'al-Nahhasin n'était pas une rue calme... La harangue des camelots, le marchandage des clients, les invocations des illuminés de passage, les plaisanteries des chalands s'y fondaient en un concert de voix pointues... Les questions les plus privées en pénétraient les moindres recoins, s'élevaient jusqu'à ses minarets... Pourtant, une clameur soudaine s'éleva, d'abord lointaine, comme le mugissement des vagues, elle commença à s'enfler, s'amplifier, jusqu'à ressembler à la plainte sibilante du vent... Elle semblait étrange, insolite, même dans cette rue criante... »

Naguib MAHFOUZ.

Naghib Mahfouz est le premier écrivain de langue arabe à avoir reçu, en 1988, le *prix Nobel de Littérature.*

Gabriel Garcia Marquez

L'Automne du patriarche

Depuis trente ans, plusieurs grands romans latino-américains nous ont décrit par le menu le monde hallucinant de la dictature « à l'américaine » : délation, exactions de tous ordres, assassinats, extermination même, bestialité, cupidité, abus sexuels, protections étrangères, soif maladive de pouvoir que finalement la solitude transforme en frustration. Cette réalité tragique prend, sous la plume de l'auteur de *Cent ans de solitude*, une dimension burlesque incomparable.

Le patriarche est ici un dictateur dans la grande tradition de l'Amérique latine. C'est un vieux général qui a « entre 107 et 232 ans ». Tyran méfiant et délirant, les structures minables de son pays arriéré le vouent à des aventures cauchemardesques que l'imagination non moins délirante de Gabriel Garcia Marquez transforme en folles équipées drolatiques.

Gabriel Garcia Marquez

La Mala Hora

Un village colombien, qui a connu la guerre civile, vit en paix depuis que le maire à rétabli l'ordre par la terreur. Mais, un soir, les premiers tracts anonymes apparaissent sur quelques portes. Celui que lit César Montero l'amène aussitôt à tuer. Et les tracts se multiplient, semant la discorde dans les familles, ravivant les haines, réveillant dans la mémoire de chacun les combines, les exactions, les crimes commis dans le passé.

Le curé Angel, d'abord indifférent, demande finalement au maire de prendre des mesures d'autorité devant ce « cas de terrorisme contre l'ordre moral ». Rien n'empêche les tracts de proliférer. Le maire décide de revenir à la répression. La paix mensongère est terminée, le village est retourné à son enfer quotidien.

Gabriel Garcia Marquez

Chronique d'une mort annoncée

Les frères Vicario ont annoncé leur intention meurtrière à tous ceux qu'ils ont rencontré, la rumeur alertant finalement le village entier, à l'exception de Santiago Nasar. Et pourtant, à l'aube, ce matin-là, Santiago Nasar sera poignardé devant sa porte.

Chronique d'une mort annoncée est un roman hallucinant où l'humour et l'imagination du grand écrivain colombien, prix Nobel de littérature, se débrident plus que jamais pour créer une nouvelle et géniale fiction sur les thèmes éternels de l'honneur et de la fatalité.

Henry Miller

Tropique du Capricorne

Des fous et des idiots asservis par leur croyance à la nécessité inéluctable du travail, pour qui le présent n'est qu'un pont vers un lendemain inatteignable – des lâcheurs de proie pour l'ombre, dupes et victimes d'un système à fabriquer des malheureux : voilà comment Henry Miller, dans sa jeunesse, voit son entourage, voilà ce qu'il refuse d'être.

Ce qu'il veut ? Empoigner la vie et la savourer à loisir. La période qu'évoque le présent volume est celle qui précède la découverte de sa vocation d'écrivain, celle où il assume le poste de chef des coursiers de la « Cosmodémonique » en nonchalant et joyeux Priape condamné à la bureaucratie par l'obligation où il est de gagner de l'argent, mais sans pour autant renoncer à assouvir ses fringales. La sexualité tient une place qui avait fait interdire le livre à sa parution en 1939, mais Henry Miller ne fait pas que fouler aux pieds les interdits : il raconte avec une verve infatigable son enfance à Brooklyn, ses ambitions, sa découverte du surréalisme, sa philosophie.

Henry Miller

Sexus – Plexus – Nexus

Dans ces trois audacieux volets de « La Crucifixion en rose », Henry Miller entreprend le récit complet de sa vie tumultueuse, riche d'expériences intérieures et d'aventures.

Sexus est l'histoire du grand amour qui, à travers l'inoubliable Mara-Mona, agit comme un révélateur sur Miller, mais aussi l'analyse lucide de la formidable crise qui le secoua et le fit se muer en lui-même.

Cette épopée à la fois lucide et ivre de langage se poursuit à travers réflexions et rencontres. Henry Miller, qui voulait être débarrassé des contingences matérielles pour devenir écrivain, a la chance de trouver en sa seconde épouse, Mona, une femme dévouée qui le supplie de rester au logis pendant qu'elle part en quête de l'argent nécessaire pour vivre. Ce pourrait être le paradis... mais il y a Stasia, l'amie hautement pittoresque de Mona.

Miller se ronge d'énervement, il délire, il tourne comme un ours en cage dans Brooklyn. Dix, vingt personnages baroques traversent son univers. Nul n'est plus extravagant que Stasia ! Que faire ? Seule l'Europe, affirme Mona, convient à l'écrivain qu'il veut être.

C'est sur le départ de l'auteur pour le « vieux continent » que s'achève *Nexus*, le dernier volume de « La Crucifixion en rose ».

Certains passages, très crus, d'une sexualité exacerbée, associent provocation et témoignage : ils sont, dans cette œuvre ardente, riche, puissante, une partie de la *vérité* dont Miller a fait l'objet de sa vie créatrice.

Henry Miller

Opus pistorum

En latin, « pistor » signifie « meunier » qui, en anglais, se dit « miller » ! Littéralement donc : « l'œuvre du meunier », l'œuvre de Miller... Un roman où l'on retrouve les personnages des *Tropiques* pour une grande dérive érotique « sous les toits de Paris ». Non sans humour et avec ce merveilleux sens de la célébration de la vie qui n'appartient qu'à lui, Miller nous fait vivre une véritable odyssée du sexe à la recherche – utopique? – de la femme idéale, de l'expérience parfaite. Peu d'auteurs ont su dire le sexe avec autant d'enthousiasme lyrique.

Ce roman d'Henry Miller, découvert et publié aux Etats-Unis en 1983, fut écrit en 1941-1942 à Los Angeles pour le compte d'un libraire qui vendit sous le manteau quelques copies du manuscrit à des personnalités d'Hollywood.

(Réservé aux adultes.)

Alfred Jarry

Tout Ubu

Edition établie par Maurice Saillet
Préface, commentaires et notes de Charles Grivel.

« Figure surgie du désordre et de l'ombre, émanation brute et cocasse d'une pensée qui ne recule devant rien pour se satisfaire, boucher redoutable, rhéteur implacable, depuis presque un siècle qu'il est né, Ubu *insiste...*

On a toujours lu, vu, su, vécu Ubu : le personnage provient de la mémoire de chacun, de ses entrailles; c'est une pulsion générale, non simplement particulière à son auteur et non restrictivement propre à la fin de siècle qui l'a vu naître; le spectacle qu'il offre – en Pologne ou à Paris, sur les mers ou dans les « lieux » – convient à tous les appétits. Cette robustesse des profondeurs, cette verdeur originaire, *Tout Ubu* – quelle ironie dans ce titre! – n'a pas la prétention de la recéler toute : Ubu n'est pas un personnage littéraire, Ubu déborde l'expression écrite. »

Charles GRIVEL.

Tout Ubu comprend : « Ubu roi », « Ubu cocu », « Ubu enchaîné », « Almanachs du père Ubu », « Ubu sur la Butte », avec leurs Prolégomènes et Paralipomènes.

Franz Kafka

La Métamorphose

suivi d'une étude de Vladimir Nabokov

Traduction de Brigitte Vergne-Cain et Gérard Rudent

« Lorsque Gregor Samsa s'éveilla un matin, au sortir de rêves agités, il se trouva dans son lit métamorphosé en un monstrueux insecte. Il reposait sur son dos qui était dur comme une cuirasse, et, en soulevant un peu la tête, il apercevait son ventre bombé, brun, divisé par des arceaux rigides, au sommet duquel la couverture du lit, sur le point de dégringoler tout à fait, ne se maintenait que d'extrême justesse. D'impuissance, ses nombreuses pattes, d'une minceur pitoyable par rapport au volume du reste, papillonnèrent devant ses yeux.

« " Qu'est-il advenu de moi "? pensa-t-il. Ce n'était pas un rêve. Sa chambre, une vraie chambre humaine quoiqu'un peu trop petite, était là, paisible entre les quatre murs familiers... »

Dino Buzzati

Le Régiment part à l'aube

1971. Dino Buzzati va mourir. Il le sait. Lui dont l'œuvre presque entière a tourné autour du destin et de l'inéluctable dernier rendez-vous va se retirer dans son village natal, près de Belluno. Et là, plutôt que de se lamenter, de s'étourdir ou de se mentir, Dino Buzzati va coucher sur un petit agenda, n'importe où, n'importe quand – car le temps n'a plus d'importance pour lui –, d'éblouissantes variations sur « l'approche de cette chose connue et absurde ».

Il la reconnaît d'autant mieux qu'il l'a cent fois décrite. Mais, maintenant, *c'est vrai* et d'autant plus émouvant.

IMPRIMÉ EN FRANCE PAR BRODARD ET TAUPIN
Usine de La Flèche (Sarthe).
LIBRAIRIE GÉNÉRALE FRANÇAISE - 6, rue Pierre-Sarrazin - 75006 Paris.

ISBN : 2 - 253 - 05277 - 9 30/6753/5